双葉文庫

はぐれ長屋の用心棒

美剣士騒動

鳥羽亮

目次

この作品は双葉文庫のために書き下ろされました。

美剣士騒動　はぐれ長屋の用心棒

第一章 浜乃屋

一

「お吟《ぎん》、どうだ一杯」

華町源九郎《はなまちげんくろう》が、銚子を差し出すと、

「華町の旦那こそ、飲んでくださいよ」

お吟は甘えるような声で言い、源九郎の手にした銚子を両手でつつむようにして取った。

お吟は、深川今川町《いまがわちよう》にある浜乃屋《はまのや》という小料理屋の女将《おかみ》だった。色白の年増《としま》で、細い形のいい眉と花弁のような唇をしていた。酒気で肌が朱を刷《は》いたように染まり、かすかに脂粉の匂いがした。着物の襟の間から胸の谷間が覗いている。

何とも色っぽい。

「そうか、そうか」

源九郎は鼻の下を伸ばし、猪口《ちょく》を差出した。源九郎は還暦にちかい老齢で、鬢《びん》や髷《まげ》には白髪が目立つ。丸顔ですこし垂れ目、茫洋《ぼうよう》としたしまりのない顔付きだが、何となく憎めない雰囲気を持っている。

お吟は、源九郎が猪口の酒を飲み干すのを待ってから、

「どうして来てくれなかったんですよ」

と、上目遣いに源九郎を見ながら言った。

お吟は源九郎の脇に座り、膝先を源九郎の太股の辺りに押しつけるように身を寄せている。

「い、いろいろあってな、忙しかったのだ」

源九郎が声をつまらせて言った。

「忙しいって、傘張りの仕事が」

お吟が、源九郎の顔を見上げて訊《き》いた。

源九郎は武士だが、長屋で独り暮らしをしていた。生業《なりわい》は、傘張りである。

華町家は五十石取りの御家人だったが、五十代半ばのころに倅の俊之介《しゅんのすけ》が君《きみ》

枝《え》という嫁をもらったのを機に家督をゆずって隠居したのだ。狭い家のなかで倅夫婦に気を使いながら暮らしたくなかったし、そのころ、妻が病死したこともあって、独りで気儘《きまま》な長屋暮らしを始めたのである。

「傘張りではないが、おれも、いろいろとな……」

源九郎は言葉を濁した。暇は持て余すほどあったのだが、飲みに来る金がなかったのである。

「どうせ、あたしのことなんか忘れてたんでしょ」

お吟は、口をとがらせて拗《す》ねたような顔をした。

「そ、そうではないが……」

源九郎が声をつまらせた。

そのとき、源九郎の前に座っていた菅井紋太夫《すがいもんだゆう》が仏頂面《ぶっちょうづら》をして、フフン、と鼻を鳴らした。

お吟はすばやく膝先を菅井にむけ、

「菅井の旦那も、飲んでくださいな」

そう言って、銚子をむけた。

「うむ……」

菅井は口をへの字に引き結び、膳の上の猪口をとった。

菅井は五十がらみ、源九郎と同じ長屋で暮らしている牢人である。瘦身で、肉をえぐり取ったように頰がこけ、顎がとがっていた。総髪が肩まで伸び、額に前髪が垂れている。酒気を帯びたせいか、目尻の上がった細い目がひかっていた。般若《はんにゃ》でも思わせるような不気味な顔である。

菅井の生業は居合抜きの見世物だった。武士ではあるが、大道芸人といってもいい。ただ、菅井の居合抜きは本物だった。菅井は、田宮流《たみやりゅう》居合の遣い手だったのである。

菅井は居合抜きの見世物から長屋に帰り、源九郎と顔を合わせると、

「華町、どうだ、一杯やらんか」

と、声をかけた。

「やりたいが、銭がない」

源九郎が、渋い顔をして言った。

「今日な、いつもより儲《もう》かったのだ」

菅井によると、両国広小路《ひろこうじ》の見世物に出て、いつもより二分ほど多く銭が集ったという。

「どうだ、菅井、久し振りで、浜乃屋に行かぬか」

源九郎が、急に猫撫《ねこな》で声で言った。

そのとき、源九郎の脳裏に、久しく会っていない浜乃屋のお吟の顔がよぎったのである。

源九郎は浜乃屋を馴染みにしていたのだが、このところ懐が寂しく、お吟の顔を見ていなかったのだ。

お吟は、浜乃屋を始める前、袖返しのお吟と呼ばれる女掏摸《すり》だった。そのお吟が、源九郎の懐を狙って押さえられた。お吟の父親の栄吉《えいきち》も掏摸の名人だったが、一人娘のお吟を助けるため、お吟の身代わりに自分を捕らえてくれ、と源九郎に訴えた。

源九郎は栄吉の娘を思う心にほだされ、二度と掏摸はやらないことを約束させて親子を解放してやった。

その後、お吟と栄吉は足を洗い、親子で浜乃屋をひらいたのである。ところが、栄吉は掏摸仲間のごたごたに巻き込まれて殺され、お吟も命を狙われたのだ。

源九郎はお吟の身を守るために、自分の住む長屋に匿《かくま》った。そのとき、源九郎とお吟は、情を通じ合う仲になったのである。

ところが、源九郎はお吟にいっしょになってくれとは言えなかった。還暦に近い長屋暮らしの貧乏牢人の年寄りと、粋な年増のお吟とでは釣り合いがとれない。源九郎の胸の内には、お吟には相応の若い男といっしょになって、幸せになってほしいという思いがあったのである。

「浜乃屋な……」

菅井は、すぐに返事をしなかった。源九郎が、浜乃屋のお吟とできていることを知っていたからである。

「お吟がな、菅井の顔が見たい、と言っていたぞ」

源九郎が、菅井に身を寄せて小声で言った。お吟は、菅井のことなど口にしなかったが、菅井をその気にさせるためにそう言ったのである。

「まァ、浜乃屋でもいいか」

菅井は仕方なさそうに言った。

そんなやり取りがあって、源九郎と菅井は浜乃屋に来ていたのだ。

「ねえ、菅井の旦那、うちの店にも来てくださいね」

お吟は、甘えるような声で言いながら菅井の猪口に酒をついだ。

そのとき、店の表戸のあく音がし、複数の足音とともに、「お吟、いるか」という男の声が聞こえた。客が入ってきたらしい。

「お客さんみたい」

お吟はすぐに腰を上げ、女将らしい顔にもどると、おたみさんを寄越しますからね、と言い残し、慌てた様子で座敷から出ていった。

浜乃屋は小体《こてい》な店で、戸口を入ると狭い土間があり、その先に、衝立で間仕切りがしてある小上がりがあった。源九郎たちがいるのは、小上がりの奥の小座敷だった。そこは、お吟がふだん居間のように使っている部屋で、馴染みの客を入れることもあったのだ。

二

お吟が小座敷から出ていくと、入れ替わるようにでっぷりした女が入ってきた。まだ、十七、八と思われる娘である。丸顔で頬がふっくらし、饅頭《まんじゅう》のような顔をしていた。目が細く、妙に小鼻が張っていた。どう贔屓目《ひいきめ》に見ても美人とは言えないが、愛嬌のある顔だった。

三月ほど前から、店の手伝いに来ているおたみという娘である。お吟の話では、近所の長屋に住む屋根葺《やねふ》き職人の娘だという。浜乃屋には、お吟とおたみの他に、板場に吾助《ごすけ》という還暦にちかい男がいた。

「あら、華町さま、お久し振り」

おたみは、目を糸のように細めて言った。一度だけ、源九郎の席に出て酌をしたことがあったのだ。

「おたみか、まァ、座れ」

源九郎は、無愛想な顔で言った。

菅井も白けたような顔をし、ひとりで銚子を手にして猪口に酒をついでいる。

「こちらは？」

おたみは、源九郎の脇に腰を下ろすと、首をすくめながら小声で訊いた。愛嬌のある顔に、怯《おび》えるような色があった。菅井の般若を思わせるような不気味な顔に恐れをなしたようだ。

「菅井といってな、居合抜きの達人だが、将棋も名人だぞ」

源九郎が口許に笑みを浮かべて言った。

菅井は無類の将棋好きだった。風雨のため、居合抜きの見世物に出られない日は、きまって源九郎の許に将棋を指しにくるのだ。ただ、腕はそれほどでもなく、下手の横好きというやつである。

「まァ、それほどでもないがな」

菅井が、顎を突き出すようにして言った。

「あたし、将棋を指したことないの。菅井さま、今度、教えて」

おたみが、菅井の方に身を寄せ、銚子をとりながら言った。

「教えてもいいが、飲みながらというわけにはいかんぞ」

菅井が、もっともらしい顔をして猪口を手にした。いくらか、機嫌を直したようである。

菅井が猪口に酒をついでもらっているとき、戸口の引き戸を荒々しくあける音がし、ひとが土間に転がり込んでくるような音がした。

キャッ！　というお吟の悲鳴が聞こえ、「血だらけだ！」「お侍だぞ！」と叫ぶ客の声がした。つづいて、「匿ってくれ！」と苦しげな男の声が聞こえた。

「華町、何かあったようだぞ」

菅井が立ち上がり、座敷の隅に置いてあった刀を手にした。

源九郎もすぐに刀を手にして立った。

「は、華町さま、怖い……」

おたみが、声を震わせて言った。

「おたみ、ここにいろ!」

言い置いて、源九郎が障子をあけはなった。

小上がりに、三人の客がいた。大工か左官らしい。いずれも、黒の半纏《はんてん》に股引《ももひき》姿だった。三人は、こわばった顔で戸口に目をむけている。

お吟は、土間に立っていた。その足元に、男がひとりへたり込んでいた。顔が血に染まっている。武士らしい。抜き身を手にしていた。ひどい姿だった。元結が切れてざんばら髪で、小袖の袖が裂けて垂れさがっている。その小袖に、血の色があった。何者かに斬られて、店に転がり込んできたらしい。

「お、追われている!……匿ってくれ」

武士が、お吟の顔を見上げて言った。若侍らしい。顔を苦痛にゆがめていたが、端整な顔立ちである。

「……!」

お吟が、戸惑うような顔をして、小上がりにいる源九郎に顔をむけた。

そのお吟に促されるように、源九郎が土間に下りた。すぐに、菅井もつづいた。

「や、やつらが、くる！」

若侍が、怯えるような目で戸口に目をやった。

戸口に近付いてくる足音が聞こえた。三、四人いるようだ。「室井《むろい》はどこだ！」

「あの店に入ったぞ」という男たちの声が聞こえた。若侍を追っているらしい。

浜乃屋に近付いてくるようだ。

「か、匿ってくれ」

若侍が、お吟に縋《すが》るような目をむけた。

「は、華町の旦那、この男《ひと》、助けてやって！」

お吟が、声を震わせて言った。

「うむ……」

源九郎は逡巡《しゅんじゅん》した。転がり込んできた若侍の素姓も知らないし、追われている事情も分からないのだ。

「助けてやって」

お吟が、源九郎と菅井を見ながら哀願するように言った。

「旦那、助けてやってくだせえ！」

小上がりで飲んでいた年配の男が言うと、他のふたりの客も、助けてやってくれ、と口をそろえて言った。

店の外で聞こえる荒々しい足音が、戸口に迫ってくる。

「分かった。この男を奥へ連れていけ」

源九郎が言うと、

「やるのか」

菅井が、物好きな男だな、と小声で言って不服そうな顔をした。それでも、急いで袴の股だちを取った。やる気になっている。

すぐに、お吟が若侍の腕を取り、

「さァ、立って！　奥の座敷に身を隠すのよ」

と言って、腕を引っ張った。

「か、かたじけない」

若侍は立ち上がると、ふらふらしながら小上がりに上がり、客たちの間を通って源九郎たちが飲んでいた奥の座敷に入った。

店の外の足音は、戸口まで来てとまった。

「この店だ！」

男の叫び声がひびいた。

三

菅井が、ガラリと引き戸をあけた。

店の外は、夜陰につつまれていた。星空がひろがっている。

店の戸口から洩《も》れた灯《ひ》に、四人の男の姿が浮かび上がっていた。武士が三人、町人がひとりである。武士はいずれも羽織袴姿で、二刀を帯びていた。御家人か江戸勤番の藩士といった恰好《かっこう》である。町人は遊び人ふうの男で、縞柄《しまがら》の小袖を裾高に尻《しり》っ端《ぱし》折《よ》りし、股引に草履《ぞうり》履きだった。

菅井と源九郎は戸口から出ると、後ろ手に引き戸をしめた。

「おぬしら、この店に飲みに来たのか」

菅井がとぼけて訊いた。

「飲みに来たのではない。……さきほど、この店に若い侍が入ったな」

大柄な武士が、不遜《ふそん》な物言いで訊いた。三十がらみと思われる。眉の濃い、眼光の鋭い男だった。

大柄な武士は、菅井と源九郎の姿を見て侮《あなど》ったらしい。無理もない。ふたりとも尾羽打ち枯らした貧乏牢人そのものだし、源九郎は年寄りである。

「知らんな」

菅井は、脇にいる源九郎を見て、

「若い武士など来なかったな」

と、念を押すように訊いた。

「来なかったぞ」

すぐに、源九郎が答えた。

すると、三人の武士の脇にいた町人が、

「旦那方、お侍はこの店に入《へえ》りやしたぜ。あっしは、この目で見やしたから」

と、口をとがらせて言った。

浅黒い顔をした痩せた男だった。面長で目が細く、狐のような顔をしている。

「聞いたとおりだ。……そこを、どけ」

大柄な武士が声を荒立てて言い、強引に店のなかに踏み込もうとした。他のふたりの武士が、つづいて戸口に迫った。

「わしらを、愚弄《ぐろう》するつもりか」

源九郎が、大柄な武士を睨《にら》むように見すえて言った。

「なに、邪魔するのか」

大柄な武士の足がとまった。その顔に驚きと怒りの色が浮いた。老齢の源九郎が、強い態度に出たので驚いたらしい。

「店に入るなら、わしらふたりに詫びを言ってからにしろ」

源九郎が言うと、

「土下座してもらおう」

と、菅井が口許に薄笑いを浮かべて言い添えた。

「ど、土下座しろだと！」

大柄な武士の顔が、憤怒にゆがんだ。すると、後ろにいたふたりの武士も顔を怒りに染め、

「斬られたくなかったら、そこをどけ！」

と、中背の武士が叫んだ。

「うぬらこそ、そこをどけ」

菅井は、左手で刀の鍔元《つばもと》を握って鯉口《こいぐち》を切り、右手を柄に添えて居合腰に沈めた。居合の抜刀体勢をとったのだ。

「こやつ、居合を遣うぞ！」

もうひとりの長身の武士が、声を上げた。

三人の武士が慌てて身を引き、菅井から間合をとると、すぐに刀の柄を握った。

……三人とも、遣い手だぞ。

源九郎は、三人の身構えを見て察知した。いずれも、腰が据わり、抜刀体勢に隙《すき》がなかった。それに、咄嗟《とっさ》に三人とも居合の抜刀の間合の外に身を引いたのだ。

「菅井、こやつらできるぞ」

そう言って、源九郎は刀の柄を握った。

源九郎は老齢であったが、剣の遣い手だった。相手の腕を見抜く目を持っている。

源九郎は少年のころ、鏡新明智流《きょうしんめいちりゅう》の桃井春蔵《もものいしゅんぞう》の士学館《しがくかん》に入門して稽古に励んだ。士学館は、北辰一刀流《ほくしんいっとうりゅう》、千葉周作《ちばしゅうさく》の玄武館《げんぶかん》や神道無念流《しんとうむねんりゅう》、斎藤弥九郎《さいとうやくろう》の練兵館《れんぺいかん》などと並び、江戸の三大道場と謳《うた》われた名門である。

源九郎は士学館でめきめきと腕を上げた。子供のころから何とか剣で身を立てたいという思いがあり、熱心に稽古に励んだ上に剣の天稟《てんぴん》にも恵まれていたのだろう。

ところが、二十代半ばで、士学館をやめざるをえなくなった。父親が病で倒れたために家督を継ぎ、出仕することになったのである。

その後、御家人として長い歳月を経て、いまは剣の道からもはずれ、長屋の隠居として細々と暮らしていた。ただ、長屋の隠居暮らしをしていたが、刀を抜く機会はあり、剣の腕はそれほど衰えてはいなかった。

源九郎は大柄な武士と対峙《たいじ》すると、ゆっくりとした動きで抜刀した。刀を手にすると顔がひきしまり、眼光が鋭くなった。どっしりと腰が据わり、老いた体に生気と覇気が満ちている。

「やる気か」

大柄な武士も抜いた。その目に驚きの色があった。老い耄《おいぼ》れと侮っていた男が、剣の遣い手と知ったからであろう。

ふたりの間合は、およそ三間半――。まだ、一足一刀の間境の外だった。

源九郎は青眼に構えた。武士は八相である。

源九郎の切っ先は、ピタリと敵の目線につけられていた。腰の据わった隙のない構えである。

一方、大柄な武士は両肘を高くとり、切っ先で天空を突くように刀身を垂直に立てていた。大柄な体とあいまって、覆い被さってくるような大きな構えである。

ふたりは青眼と八相に構えたまま動かなかった。ふたりの刀身が、夜陰のなかで銀色《しろがねいろ》にひかっている。

「いくぞ！」

武士が、足裏を摺《す》るようにして間合をせばめ始めた。

このとき、菅井は長身の武士と対峙していた。菅井は居合腰にとり、抜刀の機をうかがっている。

武士は、青眼に構えていた。刀身がやや低く、切っ先が菅井の喉元にむけられている。両肩が下がり、腰が据わっていた。こうした真剣勝負に慣れているのか、構えに緊張や力みがない。

もうひとり、中背の武士は菅井の左手にいた。八相に構えていたが、すこし間合を大きくとっている。構えに、すぐに斬り込んでくる気配がみられなかった。

菅井と長身の武士の動きをみてから、仕掛けるつもりらしい。

菅井と武士の間合は、およそ三間半――。まだ、居合の抜刀の間合の外だった。居合は抜きつけの一刀で勝負を決するため、抜刀の迅《はや》さだけでなく敵との間積もりも大事である。

武士が、ジリジリと間合をせばめてきた。斬撃の間境に踏み込もうとしている。

菅井は、気を静めて敵との間合を読んでいた。

ふたりとも気合を発せず、牽制や誘いの動きもなかった。息詰まるような静寂と緊張のなかで、ふたりの間合がせばまってくる。

菅井は武士が、居合の抜刀の間合に入ったとみるや否や仕掛けた。間髪を入れず、武士の全身にも斬撃の気がはしった。

イヤアッ!

菅井が、裂帛《れっぱく》の気合を発して抜きつけた。

シャッ、という刀身の鞘走る音がし、菅井の腰元から閃光《せんこう》がはしった。

迅い!

稲妻のような居合の抜きつけの一刀が、逆袈裟《ぎゃくげさ》に武士を襲う。

ほぼ同時に、武士の体《たい》が躍り、青眼から袈裟に斬り込んだ。

次の瞬間、武士の着物が脇腹から胸にかけて裂けた。菅井の切っ先が、とらえたのである。

武士の切っ先は、菅井の体にはとどかず空を切って流れた。咄嗟の斬撃で、踏み込みが足りなかったのだ。

武士は喉のつまったような呻《うめ》き声を上げて、後ろによろめいた。裂けた着物に血の色があった。それほどの深手ではないが、脇腹を斬られたようだ。

菅井はすぐに脇構えにとった。抜刀してしまったので、脇構えから抜刀の呼吸で斬り上げようとしたのである。

だが、長身の武士は大きく間合をとり、刀を構えようとしなかった。顔が苦痛にゆがんでいる。

すると、中背の武士が、

「おれが相手だ！」

と叫び、八相に構えたまま素早い足捌《あしさば》きで、菅井に迫ってきた。斬撃の気配が高まっている。

菅井はすぐに体を中背にむけ、腰を沈めた。武士が一足一刀の斬撃の間境に入ったら、居合の呼吸で斬り上げるつもりだった。

武士が、斬撃の間境に踏み込んだ。刹那《せつな》、菅井と武士の全身に斬撃の気がはしった。

イヤアッ！

タアッ！

ふたりの体が躍り、逆袈裟と袈裟に二筋の閃光がはしった。

その閃光がふたりの眼前で合致し、キーンと甲高い金属音がひびき、青火が散ってふたりの刀身が撥《は》ね返った。

次の瞬間、ふたりは背後に飛びながら二の太刀をはなった。一瞬の反応である。

菅井が鍔元に突き込むように籠手をみまい、中背の武士は刀身を横に払った。

ザバッ、と菅井の袖が裂けた。だが、武士の切っ先は菅井の袖を斬っただけだった。切っ先の伸びが足りなかったのである。

菅井の切っ先は武士の右手の甲を浅くとらえていたが、薄く皮肉を裂いただけだ。かすり傷といっていい。

ふたりは、ふたたび脇構えと八相に構えた。菅井にむけられた武士の目に、驚きの色がある。菅井の脇構えからの太刀捌きの迅さに驚いたようだ。菅井が抜刀したので居合は遣えないと踏み、侮っていたのだろう。

菅井は武士との間合が遠いのをみて、

「次は、居合を見せてやろう」

言いざま、すばやい動きで納刀した。居合は抜刀だけでなく、納刀の迅さも腕のうちである。

納刀の動きも迅かった。居合は抜刀だけでなく、納刀の迅さも腕のうちである。

菅井は右手で刀の柄を握り、腰を沈めて抜刀体勢をとると、足裏を摺るようにして中背の武士との間合を詰め始めた。

武士が後じさった。菅井の居合には、太刀打ちできないとみたのかもしれない。

四

このとき、源九郎は大柄な武士と対峙していた。

源九郎は青眼に構え、武士は八相に構えていた。すでにふたりは一合し、武士の着物の肩先が裂けていた。あらわになった肌にかすかな血の色があったが、かすり傷らしい。

一方、源九郎の左袖も裂けていたが、血の色はなかった。袖を裂かれただけですんだらしい。

武士の顔に、驚愕《きょうがく》と恐れの色があった。源九郎がこれほどの遣い手とは、思っていなかったにちがいない。

源九郎は大きく間合をとったまま動かない武士を見て、

「わしから、いくぞ」

と言いざま、摺り足で間合をつめ始めた。

源九郎の切っ先は、ピタリと敵の目線につけられていた。おそらく、武士は源九郎の剣尖《けんせん》がそのまま目に迫ってくるような威圧を感じたはずである。

武士が、後じさりし始めた。源九郎の威圧に押されているのだ。

そのとき、中背の武士の叫び声が聞こえた。菅井の居合の一颯《いっさつ》を肩先にあびたのである。武士は、後ろによろめいた。

この様子を大柄な武士は目にすると、速い足捌きで後じさった。そして、源九郎との間合をとると、

「引け！　この場は引け」

と叫んで、反転した。このままでは、源九郎たちに討たれるとみたようだ。

大柄な武士は、抜き身を引っ提げたまま駆けだした。すぐに、他のふたりの武

士がつづいた。ふたりとも、腰がふらついていたが、懸命に走っていく。町人も三人の武士の後を追って逃げだした。

源九郎と菅井は、逃げる四人を追わなかった。戸口に立ったまま、夜陰のなかに消えていく男たちの姿を見ている。

「なかなかの遣い手だったな」

源九郎が、四人の姿が見えなくなった夜陰に目をやりながら言った。

「あやつら、何者だ」

菅井が細い目をひからせて訊いた。

「若い武士に訊いてみれば、分かるだろう」

そう言って、源九郎は納刀した。

源九郎と菅井が店にもどると、小上がりにいた三人の客が、お吟と若侍は小座敷にいることを伝えた。

座敷のなかほどに、若侍は腰を下ろしていた。面長の顔に血の色があり、左の二の腕が血に染まっている。ただ、顔に傷はないようだった。二の腕からの出血が、顔に飛んだらしい。

お吟は若侍に身を寄せ、心配そうな顔をして左腕に目をやっていた。

おたみの姿はなかった。お吟に板場にでも行って身を隠しているように言われたのかもしれない。

「傷を見せてみろ」

源九郎は、すぐに若侍のそばに膝を折った。

「おい、脇腹もやられたのか」

源九郎は、若侍の右の脇腹の着物が裂け、血の色があるのを目にした。裂けた着物をひろげて見ると、斜めに裂けた傷から血が流れ出ていた。ただ、臓腑に達するような深い傷ではなかった。皮肉を裂かれただけであろう。

「は、華町の旦那、ひどい傷だよ」

お吟が眉を寄せ、声をつまらせて言った。

「ともかく、手当てをしてやろう」

源九郎は晒《さらし》と古い浴衣がないか、お吟に訊いた。それで、傷口を縛るぐらいしか手当ての仕様がないし、血さえとまれば、命に別条はないだろう。

「見つけてくる」

すぐに、お吟は小座敷から出ていった。

源九郎は菅井の手も借りて、若侍の着物を脱がせた。あらわになった腕や脇腹から、血が流れ出ている。

「おぬしの名は？」

源九郎が訊いた。

「室井半四郎《はんしろう》でござる。……ま、まことに、かたじけない」

若侍は、苦痛に顔をしかめながら言った。

源九郎は行灯《あんどん》の灯に浮かび上がった若侍の顔を見て、

……こやつ、なかなかの男前だ。

と、思った。

ざんばら髪の上に着物がはだけ、顔は赭黒《あかぐろ》く血に染まっていたが、端整な顔立ちだった。切れ長の目で鼻筋がとおり、口許はひきしまっている。

「おぬしを斬ったのは、店まで追ってきた者たちか」

菅井が訊いた。

「そうです。大川端を歩いていると、いきなり襲ってきたのです」

若侍が、顔をこわばらせて言った。

「知らぬ者たちか」

源九郎が訊いた。

「は、はい」

「うむ……」

妙だな、と源九郎は思った。戸口まで追ってきた四人は、追剝《おいは》ぎや辻斬りの類と思えなかった。しかも、四人のうちのひとりが「室井はどこだ！」と叫んでいたのだ。室井のことを知っている者としか考えられない。

源九郎がそのことを室井に訊くと、

「わたしも、名を呼ばれたのには驚きました。ですが、いずれも初めて目にする者たちで、何者か分からないのです」

室井が、困惑するような顔をして言った。身分のある者の子弟なのか、物言いが丁寧である。

「うむ……」

源九郎は、何かいわくがありそうだと思ったが、それ以上訊かなかった。

そんなやり取りをしているところに、お吟が晒と古い浴衣を持って座敷に入ってきた。

源九郎は菅井とふたりで、浴衣で傷口付近の血を拭い取った後、折り畳んだ晒を傷口に当て、その上から晒を巻いて傷口を縛った。

「これでいい。大事あるまい」

源九郎は、血で汚れた手を浴衣の端で拭きながら言った。出血さえとまれば、命にかかわるようなことはないだろう。

「かたじけない。助けていただいた上に、傷の手当てまでしてもらって……」

室井が恐縮したような顔をして言った。

お吟はほっとしたような顔をして、室井の脇に膝を折ったが、

「お侍さまのお屋敷は、どこですか」

と、小声で訊いた。

「本郷だが……。子細あって、家には帰れないのだ」

室井は眉を寄せ、悲しげな表情を浮かべた。

「で、では、今夜、どうなさるんですか」

お吟の声に、室井を思いやるようなひびきがあった。

「どうしたらよいのか。……実は、どこに今夜の宿をとろうか思案しながら歩いているときに、あの者たちに襲われたのです」

「ねえ、今晩、ここに泊まったらどう?」

お吟が、室井の顔を見つめながら訊いた。

「そ、それは……」

室井は戸惑うような顔をした。

「もうすぐ店もしめるし、今夜はここに泊まっていってくださいな」

なおも、お吟が言った。

源九郎は仏頂面をしてお吟を見ていたが、

「それはまずいぞ」

と、語気を強くして言った。

「何がまずいんですか」

お吟が、源九郎に目をむけて言った。声にとがったようなひびきがある。

菅井は口許に薄笑いを浮かべて、源九郎とお吟を見ている。

「考えてみろ。室井どのを襲った四人は、この店に室井どのが入ったのを知っているのだぞ。今夜、四人に寝込みを襲われたらどうするのだ。……お吟と吾助のふたりで、追い返せるか」

「それは無理ですよ」

「では、室井どのは、ここで斬り殺されるぞ。お吟がとめようとすれば、いっしょに殺される」

「これ以上、迷惑はかけられませぬ。……あらためて礼に伺《うかが》いますが、今夜はこれで、失礼します」

そう言って、室井が立ち上がろうとすると、

「待って、いい方法があるわ」

お吟が、思いついたように声を上げた。

「華町の旦那の長屋に、室井さまをお連れして匿ってあげたらどうかしら。菅井の旦那もいっしょだから、鬼に金棒ですよ。そうすれば、わたしも気兼ねなく様子を伺いに行けるし──。ねえ、華町の旦那、そうしてくださいよ」

「しかし、おれたちの家はせまいぞ。それにな、むさ苦しい長屋に室井どのを連れていくのは、どうも……」

源九郎は腹の中で、見ず知らずの室井にそこまですることはない、と思ったが、お吟がひどく乗り気なのでやんわりと断った。

「室井どの、おぬし、将棋を指すか」

いきなり、菅井が訊いた。

「将棋ですか」

「そうだ」

「駒の動かし方ぐらいなら知っていますが……」

室井が戸惑うような顔をして言った。菅井が、何で将棋の話など持ち出したのか分からなかったのだろう。

「動かし方を知っているなら、多少指せるな」

菅井がつぶやいて、ちいさくうなずいた。

源九郎は、「まったく、菅井のやつ、将棋のことしか頭にないのだから」と胸の内で毒づいたが、口にしなかった。

「大丈夫ですよ。あたしだって、長屋に泊まったことがあるんだから……。ねえ、旦那」

お吟はそう言って、源九郎の袂をつかんで引っ張った。

「あ、あれは、お吟が命を狙われたのでやむなく……」

源九郎は口ごもり、顔を赭黒く染めた。

「これで、決まったわ。……室井さま、伝兵衛店《でんべえだな》に住んでいるのは、みんないい人ばかりでしてね。一度、長屋で暮らすと出たくなくなりますよ」

お吟が、男たちに目をやりながら言った。

「仕方ない。今夜は、長屋に連れて行くか」

源九郎が渋い顔でつぶやいた。

五

源九郎たちの住む伝兵衛店は、本所相生町《あいおいちよう》一丁目にあった。竪川《たてかわ》沿いに並ぶ表店《おもてだな》の脇の細い路地を入った先である。

界隈《かいわい》では伝兵衛店と呼ぶ者はすくなく、はぐれ長屋の方が通りがよかった。長屋には、源九郎のような貧乏牢人、大道芸人、人の目をはばかって生きている無宿者、その道から挫折した職人など、はぐれ者が多く住んでいたからである。源九郎も菅井も、はぐれ者のひとりだった。

室井をはぐれ長屋に連れていった源九郎と菅井は、その夜、源九郎の部屋で一晩過ごした。

朝になって、源九郎と菅井が井戸端で顔を洗っていると、お熊《くま》が顔を見せた。水汲みに来たらしく、手桶を提げていた。お熊は、源九郎の斜向《はす》かいに住む助造《すけぞう》という日傭《ひよう》取りの女房である。

「おや、おふたり、お揃いで――。昨夜、一杯やったのかい」

お熊が、源九郎と菅井の顔を上目遣いに見ながら訊いた。

お熊は四十過ぎ、でっぷり太り、ひらいた両襟の間からすこし垂れた乳房などが覗いていたりする。洒落《しやれ》っ気がなく、がさつでお節介焼きだった。それでも、長屋の住人には好かれていて、女房連中のまとめ役でもあった。

お熊は容貌に似合わず、思いやりがあり、困った者にはことのほか親切だった。源九郎や菅井に対しても、男の独り暮らしを気遣って、よぶんに炊いためしや煮染などを持ってきてくれるのだ。

「まァ、一杯やったことはやったが……。お熊、すこし込み入った事情があってな」

源九郎が、昨夜の出来事をかいつまんで話した。お熊に頼みたいことがあったので、室井のことを知らせたのだ。

「それで、室井さまは、旦那の部屋にいるのかい」

お熊が目を剝《む》いて訊いた。

「いる。……それで、昨夜遅くなってな。飯を炊いてないのだ。三人とも、朝めしはまだなんだよ」

源九郎が眉を寄せて言った。

「そうかい。でも、三人分は残ってないねえ。……いいよ、あたしが、近所をまわってめしの残りを集めてくるから」

お熊はいそいで釣瓶《つるべ》で水を汲み、水の入った手桶を提げて家へもどった。

源九郎と菅井が家にもどり、室井と三人で話していると、お熊とおまつのふたりで、飯櫃《めしびつ》と切ったたくあんを載せた皿を手にして戸口から入ってきた。おまつは、お熊の隣に住む日傭取りの女房である。

「旦那、持ってきたよ」

お熊がそう言い、手にした飯櫃を上がり框《がまち》に置いた。

おまつは丼を飯櫃の上に置くと、座敷にいる室井を食い入るように見ながら、

「その方が、室井さまですか」

と、いつもとちがう丁寧な物言いで訊いた。

「室井半四郎でござる」

室井が言った。

「いい男だねえ……」

お熊が、目を丸く見開いて言った。

「ほんと」

おまつも、室井の顔を見つめてうっとりしている。

室井は、女ふたりに見つめられて当惑したような顔をしていた。

お熊やおまつの言うとおり、室井は役者にしてもいいような男前だった。昨夜は、ざんばら髪でひどい恰好をしていたので、それほどとは思わなかったが、今朝はひとまず髪を後ろに束ね、顔も洗っていたのですっきりしていた。そのまま役者にしてもいいような白皙《はくせき》で端整な顔立ちである。

「何がいい男だ。……室井はな。怪我をしていて、それどころではないのだ」

菅井が不機嫌そうに言った。いつの間にか、室井と呼び捨てにしている。

「怪我をしてるのかい。……かわいそうに」

おまつが、うっとりしたような顔のまま言った。

「いいから、戸口から出てくれ。ふたりに見つめられていては、せっかくのめしも食えん」

源九郎が言った。

「また来るからね。何かあったら話しておくれ」

そう言い置いて、お熊とおまつは戸口から出ていった。

源九郎と菅井は、飯櫃とたくあんの皿を座敷のなかほどへ持ってきた。

「おっ、握りめしだ」

菅井が飯櫃の蓋を取って声を上げた。飯櫃のなかに、握りめしが並んでいた。お熊たちが長屋から集めた残りのめしを握ったらしい。

「さァ、食うぞ」

さっそく、源九郎と菅井は飯櫃に手をつっ込んだ。

室井は戸惑うような顔をして躊躇《ちゆうちよ》していたが、腹がへっていたらしく、すぐに握りめしを手にした。

源九郎が握りめしを頰張りながら、

「ところで、室井、これからどうするのだ」

と、訊いた。源九郎も室井と呼び捨てにした。一晩いっしょに寝たことで、親しさが増したせいもあるらしい。

「……どうしていいか、当てがないのです」

室井は握りめしを手にしたまま言った。飯粒が口許についている。その顔には、まだ少年らしさが残っていた。まだ、二十歳前後かもしれない。

「都合の悪いことは、言わなくてもいいが、ともかく事情を話してくれ」

源九郎は、このまま室井を追い出すことはできないと思ったのである。

「それがし、本郷に屋敷のある旗本の三男でして……。おふたりに話しにくいのですが、家に相続をめぐって揉《も》め事があるのです。それがしは、家にいない方が丸く収まるのではないかと思って家を出たのですが、大川端で襲われて……」

室井が眉を寄せたまま話した。

「それで、襲ってきた四人の男は、何者なのか分からないのか」

源九郎が念を押すように訊いた。

菅井は握りめしを食べながら、源九郎と室井のやり取りを聞いている。

「覚えのない者たちです」

室井がはっきりと言った。

「行くあてもないというが、これからどうする気なのだ」

「家には帰れませんし、行き場はないし、それで困っているのです」

室井は困惑したような顔をして視線を膝先に落とした。

「うむ……」

源九郎も、どうすればいいのか分からなかった。

室井が何か思いついたような顔をし、

「華町どの、菅井どの、しばらくこの長屋に置いてもらうわけにはいくまいか」

と、身を乗り出すようにして言った。

「ここにか……」

それは困る、と源九郎は思った。狭いのを我慢すれば、ふたりで寝られないこともないが、相手に気を遣っていっしょに暮らしたくはない。

「長屋に、あきはないですかね。……多少のお金はあります。家を出るとき、持ってきましたから」

室井によると、七両ほどあるという。

「七両あれば、一年や二年は暮らせるかもしれんが……」

長屋の住人にとって、七両は大金である。

「どこかあいてませんかね」

そのとき、黙って聞いていた菅井が、

「たしか、北の棟にあいている部屋があったぞ」

と、口をはさんだ。

「そうだな」

はぐれ長屋は、四棟あった。その北側の棟の端に手間賃稼ぎの大工が住んでいたが、三月ほど前、神田に越したのだ。

「そこに、しばらく住まわせてもらえませんか」

室井が身を乗り出すようにして言った。

「大家に話してみるか」

源九郎が請人《うけにん》になれば、大家の伝兵衛も喜んで、室井を店子にしてくれるはずである。

「重ね重ね、かたじけのうござる」

そう言って、室井はほっとしたような顔をした。

六

腰高障子の向こうで、何人もの下駄や草履の足音がした。源九郎の家の戸口に近付いてくるようだ。

足音は腰高障子の向こうでとまり、障子の破れ目から人影が見えた。幾つもの目が、家のなかを覗いている。いずれも女のようだ。「あれが、室井さまだよ」「ほんと、いい男！」「役者にしてもいいようだね」などというひそひそ声が聞こえてきた。

……長屋の女たちが、集まってきたな。

源九郎は、すぐに分かった。お熊とおまつが、長屋の女たちに触れ歩いたにちがいない。それで、どんな男なのか見に来たのだ。

「何事です」

室井が顔をこわばらせて訊いた。戸口に集まっている女たちに気付いたようだ。

「なに、気にすることはない。長屋の連中だよ。見ず知らずの男が、ここにいると知ってな、どんな男か気になって様子を見に来たのだ」

「そうですか」

室井の顔に、まだ困惑の色が浮いている。

「すぐに、見飽きるさ」

源九郎が渋い顔をして言った。

そのとき、戸口に近付いてくる下駄の音がし、

「ちょっと前をあけてくださいな」

と、聞き覚えのある声がした。お吟である。

「あら、お吟さんじゃないの」

と、お熊の声がした。お熊も他の長屋の女たちも、お吟のことは知っていた。

「室井さまに、お届けする物があってね。あら、ごめんなさい。……戸をあけますよ」

ガラッ、と腰高障子があき、風呂敷包みをかかえたお吟が、土間に入ってきた。

女たちは家に入ってこなかったが、戸口に立ったままなかを覗いている。

「お吟、しめてくれ。おれたちは、見世物じゃァない」

菅井が顔をしかめて言った。

お吟は、「ごめんなさい、しめますよ」と戸口にいる女たちに声をかけてから、腰高障子をしめた。

「どうした、お吟」

すぐに、源九郎が訊いた。昨夜、襲った四人が、浜乃屋に姿を見せたのではないかと思ったのだ。

「室井さまに、お届けする物がありましてね。……室井さま、お怪我はどうですか」

お吟が、親しげに訊いた。

「華町どのや菅井どののお蔭で、傷の痛みも収まってきました」

室井が顔をやわらげて言った。

「よかった。……わたし、心配してたんですよ」

お吟はそう言うと、勝手に座敷に上がってきて、室井の脇に座った。

……まるで、自分の家のようではないか。

と、源九郎は思ったが、渋い顔をしただけで黙っていた。

お吟は、抱えてきた風呂敷包みを膝先に置いてひろげた。包んであったのは折り畳んだ小袖である。

「室井さまのお着物が、血だらけになっていると思いましてね。今朝、古着屋で室井さまに似合いそうな物を見つけて買ってきたんですよ」

そう言って、お吟は室井の着ている物に目をやった。

室井は、肩に継ぎ当てのある古い小袖を着ていた。室井の着物は血塗《ちまみ》れになり、しかも肩口や脇腹が斬り裂かれていたので、源九郎が長持ちのなかから、古い小袖を引っ張りだして着せたのである。

「室井さま、お立ちになって——。身丈《みたけ》をみますから」

お吟は、着物を手にして立ち上がった。武家の妻女のような物言いである。

室井は戸惑うような顔をしたが、お吟が小袖の肩先を手にしてひろげたので、仕方なさそうに立ち上がった。

お吟は、室井の背後から着物を着せ掛け、

「あら、ぴったりだわ」

と言って、嬉しそうな顔をした。

源九郎は、そんなお吟の様子を見ながら、

……お吟め、女房にでもなったつもりか。

と胸の内でどくづいたが、顔をしかめただけである。焼き餅をやいていると思われたくなかったのだ。

お吟は着替えるのを手伝ってやりながら室井に話しかけ、室井がしばらく長屋に住むことになるかもしれないと口にすると、

「あたしも、長屋に住もうかな」

とまで言い出した。

さすがに、室井は何も言わなかったが、源九郎の顔はさらに渋くなった。

その日、源九郎と菅井は、室井を連れて大家の伝兵衛を訪ねた。伝兵衛の家は、長屋の近くにある借家だった。老妻のお徳《とく》とふたりで住んでいる。

伝兵衛は源九郎から事情を聞くと、

「華町さまが、請人になってくださるなら、喜んで長屋に住んでもらいますよ」

と、相好をくずして言った。

伝兵衛店の持ち主は、深川海辺大工町《うみべだいくちよう》に店をかまえている材木問屋の三崎屋《みさきや》東五郎《とうごろう》である。伝兵衛は十数年前まで三崎屋の手代をしていたが、東五郎に指示され、長屋の差配をするようになったのである。伝兵衛夫婦には倅と娘がいたが、娘は嫁にいき、倅は三崎屋に住み込みで奉公している。そのため、家にいるのは伝兵衛夫婦だけだった。

源九郎たち三人は長屋にもどると、お熊や何人かの女房に頼んで北側の棟のあいている部屋の掃除をしてもらった。そして、竪川沿いの通りにある古着屋や瀬戸物屋などをまわって、暮らしに必要な食器や夜具などを買い集めた。

何とか暮らせるようになった部屋に、源九郎、菅井、室井の三人が集まり、近くの家の女房が運んでくれた茶を飲みながら一休みした。

「さて、それでは、ひと勝負するかな」

菅井が当然のような顔をして立ち上がった。

「ひと勝負って、何です？」

室井が驚いたような顔をして訊いた。

「将棋だよ。夕めしまでには間がある。何局か指せるはずだ。……いま、おれが将棋盤と駒を持ってくるからな」

そう言い置き、菅井はそそくさと戸口から出て言った。

「何も、いまやらなくとも……」

源九郎が、うらめしそうな顔をしてつぶやいた。

七

その日、朝から小雨だった。さっそく、菅井が将棋の駒の入った木箱を懐に入れ、将棋盤と飯櫃を手にして源九郎の家にやってきた。飯櫃のなかには、握りめしが入っているはずである。

菅井は、雨が降ると居合の見世物に行けないので、決まって将棋を指しに来る。菅井も手ぶらでは悪いという気持ちがあるらしく、朝から来るときは、朝めしとして食べるために握りめしを持参してくることが多かった。源九郎は、将棋はどうでもよかったが、握りめしのために相手になってやるのだ。

ふたりで将棋を指し始めて小半刻（三十分）ほどしたとき、

「今朝、ここに来るとき、武士がふたり、室井の家の方に行くのを見たぞ」

と、菅井が口にした。

「なに、武士が来たと！」

源九郎の手が、指先で駒をつまんだまま将棋盤の上でとまった。室井を襲った四人のうちのふたりではあるまいか――。

室井が長屋に住むようになって十日ほど過ぎていた。この間、室井は陽が高くなると出かけているようだったが、何事もなかった。

「心配するな。……ふたりは、浜乃屋で見た者たちとはちがう。それに、おれに頭を下げていたぞ」

「そうか」

どうやら、室井を襲撃した者たちではないようだが、何者であろうか、源九郎は手をとめたまま考えていた。

「おい、華町」

ふいに、菅井が声を大きくして言った。

「なんだ？」

「早く指せ。その金、どうするつもりだ」

菅井が苛立《いらだ》った声で言った。

源九郎が指先でつまんでいた駒は金である。

「打つさ。……王手だ！」

王の前に金を打った。

「な、なんだ。それでは、金がむだではないか」

菅井は声をつまらせて言った。

「金などくれてやる。……その替わり、金をとれば王手飛車とりだぞ」

一手先も、読めないのか、と源九郎は思った。

「うむ……」

菅井は、将棋盤を睨むように見すえたまま低い唸《うな》り声を洩らした。長考に入ったのである。

……勝手に考えてろ。

源九郎は、将棋盤の脇に置いてある皿の上のたくわんに手を伸ばした。たくわんを噛んでいるとき、戸口に近付いてくる足音がした。ピシャピシャと、ぬかるみを下駄で歩く音が聞こえた。

腰高障子があき、顔を出したのは室井だった。

「菅井どのもいたのですか。ちょうどよかった」

室井は土間に入ってきた。

「室井、何か用か」

源九郎が訊いた。

「実は、おふたりにわたしの家まで来てもらいたいのです」

室井が、本郷の家に仕えている家士がふたり長屋に来たことを言い添えた。

「室井、見えんのか」

将棋盤に目をやったまま菅井が言った。

「何ですか？」

「対局中ではないか。……何の話か知らないが、後にしてくれ」

菅井が、当然のことのように言った。

「……………」

室井が驚いたように目を瞠《みひら》き、すぐに当惑顔になった。まさか、将棋を理由に断られるとは思わなかったのだろう。

「菅井、この勝負はおれの負けだ」

源九郎は、すぐに室井の家に行って話を聞きたかった。室井の家の騒動が、分かるかもしれない。それに、局面は菅井にかたむいていた。このまま指しつづければ、菅井が勝つだろう。源九郎は握りめしを食いながら気を抜いて指していたので、菅井が優勢だったのだ。

「うむ……」

菅井は、まだ考えている。

「あと、七、八手で、おれは詰みそうだ。……菅井も、読めているはずだぞ」
七、八手ということはなかったが、まんざら嘘でもない。
「そ、そうだな。七、八手で、華町は詰む」

菅井が声を大きくして言った。

「それなら、最後まで指すことはあるまい」

「まァ、そうだ」

「菅井、だいぶ腕を上げたな。だが、いずれ、この借りは返すぞ」

そう言って、源九郎は将棋盤の駒を掻《か》き混ぜてしまった。

菅井は拍子抜けしたような顔をしたが、源九郎の言葉を思い出したらしく、

「華町、いつでも相手になってやるぞ」

と言って、胸を張った。

「今日のところは、これまでにして、室井の家に行ってみよう」

源九郎が小声で言った。

「いいだろう」

菅井も承知した。

……うまく丸め込んだ。

源九郎は、胸の内でほくそ笑んだ。

室井の家に行くと、ふたりの武士が座敷に座していた。ふたりとも、羽織袴姿である。

ひとりは年配の武士だった。痩身で首が細く、喉仏が突き出ていた。鼻梁が高く、細い目をしている。もうひとりは、がっちりした体軀《たいく》の三十がらみの武士だった。源九郎は一目見て、三十がらみの武士の体は、武芸の稽古で鍛えたものだと分かった。

源九郎と菅井が対座すると、年配の武士が、

「それがし、室井家の用人、船村藤兵衛《ふなむらとうべえ》にございます。この度は、半四郎さまがお助けいただいた上に長屋に置っていただき、お礼の言葉もございませぬ」

そう言って、深々と頭を下げた。

もうひとりの武士もいっしょに頭を下げてから、室井家に仕える枝島弥五郎《えだじまやごろう》と名乗った。枝島は、家士らしい。

「わしらに、何か話があるとか?」

源九郎が訊いた。船村たちは、礼を言いに来たのではないはずである。

「実は、華町どのと菅井どのに、お頼みしたいことがあってまいったのです」

船村は、そう前置きして話しだした。

室井家は、本郷に屋敷のある三千石の旗本だという。半四郎の父は、幕府の御側衆《おそばしゅう》をつとめた室井伊賀守清重《むろいいがのかみきよしげ》だという。御側衆といえば、将軍に近侍する要職で、役高は五千石、老中待遇である。

「御側衆の室井さま!」

思わず、源九郎は声を大きくした。御側衆の室井のことは、知っていた。もっとも、名と身分だけである。源九郎は、室井が御側衆の子だと知って驚いたのである。

ただ、室井清重は三年ほど前に病に臥《ふ》し、御側衆を辞していまは寄合《よりあい》のはずである。寄合は、禄高三千石以上の旗本で非職の者のことである。

「詳しいことはご容赦いただきたいが、室井家の世継ぎのことで揉めておりまして……。その件で、半四郎さまはお命を狙われたのではないかとみております」

船村が、声をひそめて言った。

「世継ぎのことで、室井どのが命を狙われているのか」

余程のことがなければ、そのようなことはないだろう。

「いや、はっきりしたことは、分からないのだ。……半四郎さまは、そうした揉め事を嫌われ、自分さえ屋敷にいなければ、揉め事もないだろうと思われたらしい」

船村によると、清重の子は嫡男が忠之助《ただのすけ》、次男が慶次郎《けいじろう》、三男が半四郎、それに長女の幸江《さちえ》だという。ただ、忠之助はすでに病死し、次男の慶次郎は病弱で臥せっていることが多いそうだ。それで、清重は三男の半四郎に室井家を継がせたいと思っているらしい。また、幸江は後妻のおせいの子で、まだ十五歳だという。

奥方だった萩乃《はぎの》は、忠之助、慶次郎、半四郎の三人を産んだ後、病のために亡くなったそうだ。

「うむ……」

そのことは、室井から聞いていた。

「わたしは、兄に家を継いでもらいたいのです。それで、わたしがいなければと思い……」

　室井が、悲痛な顔をして言った。

「それで、わしらに頼みとは」

　源九郎が訊いた。はぐれ長屋に住む隠居にとって、三千石の旗本の世継ぎなど、まったく縁のない話である。

「半四郎さまのお命を守っていただきたい」

　船村が声をあらためて言った。

　すると、それまで黙って聞いていた菅井が、

「何者が、室井どのの命を狙っているのか、分からないのか」

　と、念を押すように訊いた。以前のように、室井どのと呼んだ。室井が、三千石の旗本の家柄と知って敬称をつけたらしい。

「半四郎さまから、襲った四人のことをお聞きしたのだが、何者か分からないのです。できれば、半四郎さまを襲った者たちの正体もつかんでいただきたいのだが……」

　船村が言った。

「うむ……」

源九郎は、どう返答していいか迷った。室井を長屋から追い出すことはできないし、長屋で暮らしていれば、いずれ襲撃者たちの知るところとなり、嫌でも室井の身を守って闘わなければならない状況におかれるだろう。

「実は、ここに来る途中、華町どのや菅井どのの噂を耳にし、華町どのたちに頼めば、半四郎さまを守っていただけるとみたからなのです」

船村が、声をあらためて言った。

船村の言うように、これまで、源九郎や菅井たちは、富商の依頼で強請《ゆすり》にきた徒牢人《いたずらろうにん》を追い払ったり、勾引《かどわ》かすされた御家人の娘を助け出したりして礼金や始末料をもらったりしてきた。それで、界隈には、源九郎たちのことをはぐれ長屋の用心棒などと呼ぶ者がいたのである。

源九郎が迷っていると、

「やってもいいが、ただというわけにはいかんぞ」

と、菅井が口をはさんだ。

「むろん、相応の礼はいたす。いかがで、ござろう。百両では——。相手の様子が知れ、四人の他にもいるようであれば、あらためて礼は考えますが」

船村が小声で言った。

「承知した」

菅井は勝手に承諾しておいて、「華町も、承知だな」と訊いた。

「いいだろう」

源九郎も、嫌だとは言えなかった。それに、懐が寂しく、百両と聞いてやる気になっていたのである。

「それは、ありがたい」

船村が、ほっとしたような顔をした。

船村によると、いまは百両の持ち合わせがないので、手付金として十両だけ渡し、残りは枝島が後日とどけるという。

また、室井家との連絡役は枝島がやるそうだ。

「半四郎さまのお命を狙う者たちと闘うようなおりには、それがしもくわわりますので、声をかけていただきたい」

枝島が顔をひきしめて言った。

源九郎がみたとおり、枝島は遣い手のようだ。

第二章　剣術道場

一

　本所松坂町《まつざかちよう》の路地沿いに、縄暖簾《なわのれん》を出した亀楽《きらく》という飲み屋があった。土間に置かれた飯台を前にして、男たちが腰掛け代わりの空き樽に腰を下ろしていた。はぐれ長屋に住む源九郎、菅井、茂次《しげじ》、孫六《まごろく》、三太郎《さんたろう》、平太《へいた》の六人である。

　六人は、これまで長屋の者たちがかかわった事件はむろんのこと、商家や武家などから依頼された事件を解決してきた。はぐれ長屋の用心棒と呼ばれる男たちである。ただ、いずれも外見は用心棒と呼ばれるには相応《ふさわ》しくない、頼りなげな連中だった。

　源九郎は長屋に来た船村から室井の身を守る依頼を受け、枝島がとどけてくれた残りの金を受け取ってから、茂次たちに声をかけて亀楽に集めたのだ。

源九郎たちは、亀楽に集まって相談することが多かった。亀楽ははぐれ長屋から近かったし、店のあるじの元造《もとぞう》は寡黙で世辞など口にしたことはなかったが、源九郎たちに何かと気を使い、頼めば源九郎たちに店を貸し切りにもしてくれた。それに酒が安く、源九郎たちが長く居座っても文句ひとつ言わなかった。

「みなさん、お揃いで——。何にしますか」

店の手伝いをしているおしずが訊《き》いた。おしずは、源九郎たちと同じはぐれ長屋の住人で、平太の母親でもあった。

「酒を頼む。肴《さかな》はみつくろって出してくれ」

源九郎が頼んだ。

「すぐに、支度しますよ」

おしずは、板場にもどった。

いっときすると、おしずと元造が酒と肴を運んできた。肴は鯖《さば》の煮付けと小鉢に入ったひじきと油揚げの煮染だった。亀楽にしては、いい肴である。

「ゆっくりやってくだせえ」

それだけ言うと、元造はニコリともせず、すぐに板場にもどってしまった。

「酒がなくなったら、声をかけてくださいよ」

おしずも、その場を離れた。源九郎たちは、何か相談するために集まったことを知っていたのである。

「話は一杯やってからだ」

源九郎は銚子を取ると、脇に腰を下ろしている孫六の猪口《ちよく》についでやった。

「ありがてえ、今日はうめえ酒が飲める」

孫六が目尻を下げて言った。

孫六は還暦を過ぎた年寄りだった。番場町《ばんばちよう》の親分、と呼ばれた腕利きの岡っ引きだったのだが、中風を患い、すこし足が不自由になって隠居したのである。いまは、はぐれ長屋に住む娘夫婦の世話になっている。

孫六は無類の酒好きだったが、同居している娘夫婦に遠慮して家では、飲まないようにしていた。それで、源九郎たちと飲むのを楽しみにしていたのである。

源九郎は五人の男たちが、酒をつぎ合って喉を潤したのを見てから、

「長屋に越してきた室井どののことを知っているな」

と、切り出した。

「長屋の者で、あの色男のことを知らねえやつはいませんぜ。女たちは寄ると触

ると、室井の旦那の噂でさァ」

　茂次が言った。色の浅黒い剽悍《ひょうかん》そうな面構《つらがま》えの男である。

　茂次は研師《とぎし》だった。刀槍を研ぐ名のある研屋に弟子入りしたのだが、師匠と喧嘩して飛び出したのだ。いまは長屋や裏路地をまわり、包丁、鋏《はさみ》、剃刀《かみそり》などを研いだり、鋸《のこぎり》の目立てなどをして暮らしていた。お梅《うめ》という女と暮らしているが、まだ子供はいなかった。茂次も、はぐれ者のひとりである。

「実はな、室井どのが命を狙われたのだ」

　源九郎は、室井が浜乃屋の近くで四人の男に襲われたことや身を隠すためもあって長屋に連れてきたことなどを話した。

　菅井は、むっつりと押し黙ったままひとりで猪口をかたむけている。

「そんなことが、あったんですかい」

　孫六がそう言って、猪口の酒をグビリと飲んだ。すでに、皺《しわ》の多い顔が赭黒《あかぐろ》く染まっている。

「その件で、室井家の者がふたり長屋に来たのだ」

　源九郎は、船村と枝島の名を出し、室井家が大身の旗本であることと家督相続のことで揉《も》めていることなどをかいつまんで話した。

「室井の旦那のことで、お侍がふたり長屋に来たことは知ってやすぜ」

平太が脇から口をはさんだ。

平太は、まだ十四、五歳の若造である。身軽で足が速いことから、仲間たちにはすっとび平太と呼ばれている。生業《なりわい》は鳶《とび》だが、浅草諏訪町《すわちょう》に住む栄造《えいぞう》という岡っ引きの下っ引きもしていた。ただ、栄造の指図で動くことは滅多になかった。栄造は、平太がお上のご用をするには若過ぎるとみて、あまり声をかけなかったのだ。それで、平太は何かあると源九郎たちの仲間にくわわっていたのである。

「それでな、船村どのに室井どのの命を守ることと、何者が室井どのの命を狙っているのかつきとめてくれと頼まれたのだ」

「厄介な仕事だ……」

孫六が、赭黒い顔で言った。

そのとき、黙って話を聞いていた菅井が、

「百と十両だぞ」

と、ボソリと言った。

「ひゃ、百と十両！」

孫六が、目を剝《む》いた。手にした猪口の酒が、こぼれている。手が震えているようだ。驚いただけでなく、酔いのせいもあるのだろう。

「どうだ、やるか」

源九郎が、男たちに目をやった。すでに、源九郎は船村から手付け金として十両もらい、さらに、百両を手にしていたのだ。船村は、手付け金とは別に百両用意してくれたのだ。

「や、やる！」

孫六が声を上げ、猪口の酒を一気に飲み干した。

「あっしも、やりやすぜ」

茂次が言うと、

「おれもやる」

と、三太郎が小声で言った。

三太郎は面長で顎が張り、いつも生気のない青瓢簞《あおびようたん》のような顔をしていた。その顔が酒で赤くなり、艶《つや》のいい瓢簞のようになっている。

三太郎の生業は、砂絵描きだった。砂絵描きは、染め粉で染めた砂を色別に袋に入れ、寺社の門前や広小路など人出の多い場所の地面に砂を垂らして絵を描き、観客から銭を貰う大道芸である。

三太郎につづいて平太も、やる、と声を上げた。

「では、いつものように、この金は六人で分けるぞ」

源九郎が、懐から袱紗《ふくさ》包みを取り出した。これまでも、源九郎たちは依頼金や礼金を受け取ると、六人で等分してきたのである。

袱紗包みのなかには、切り餅が四つあった。切り餅ひとつで二十五両、都合百両である。それに、小判が十枚あった。

「まず、小判の十両だが、ひとり一両とし、残りの四両は室井どのに渡したいのだがな。……室井どのは、わしたちの雇主だ。武士らしい着物を身につけてもらわんとな」

そう言ったが、源九郎は、室井がお吟の用意した小袖を着たままなのが気に入らなかったのだ。

菅井たち五人が承知したので、源九郎は小判を一枚ずつ分け、残りの四両は室井に渡すことにした。

「さて、この百両だが、ひとり十五両ずつでどうかな。残りの十両は、これまでと同じように、わしらの今後の飲み代ということにしたら」

源九郎たちは、六人で等分に分けるが、半端な金は飲み代にしていたのである。

「それでいい」

菅井が言うと、孫六たち四人もすぐにうなずいた。

「よし、分けるぞ」

源九郎は四つの切り餅の紙を破り、一分銀を取り出し、それぞれに十五両ずつ分けた。

切り餅は、一分銀を百枚、二十五両を方形に紙につつんだ物である。

「ヘッヘヘ……。十六両ももらった上に、当分好きな酒がただで飲めるんだぜ。こんなありがてえこたァねえ」

孫六が、皺の多い顔をくしゃくしゃにしながら、一分銀をつかんで巾着《きんちゃく》にしまった。

「今夜は、ゆっくりやろう」

源九郎が、男たちに声をかけた。

二

「おい、華町、その桂馬《けい》はまずいぞ」

菅井が顔をしかめて言った。

はぐれ長屋の源九郎の家だった。今朝は雨だったので、さっそく菅井が握りめしを入れた飯櫃《めしびつ》と将棋盤を手にして源九郎の家にやってきたのだ。

握りめしを頬張りながら将棋を指し始めて、半刻（一時間）ほど経っていた。

形勢は源九郎にかたむいている。

「まずいと言われてもな。……ここに桂馬を打たねば、王手にならぬ」

王手角取りの妙手だった。すでに、菅井は飛車もとられているので、角もとられれば防戦一方になるだろう。

「うむ……」

菅井は口をへの字に引き結び、低い唸《うな》り声を上げた。顔が赭黒く染まり、目をつり上げている。ますます般若《はんにゃ》に似てきた。

菅井はしばらく考えてから、

「ええい、これしかない！」

と声を上げ、王を後ろに引いた。

……初めから、その手しかないのは、分かっているではないか。

源九郎は胸の内でつぶやき、桂馬で角をとった。

「飛車、角をとるとは、卑怯《ひきょう》なやつだ」

菅井は、さらに王を金の後ろに逃がした。ここは、王を逃がすしか手はないとみたのだろう。

「まァ、そうだな」

源九郎は、すぐに飛車を打って王の逃げ道をふさいだ。あと、七、八手で詰むのではあるまいか——。

「うむ……」

また、菅井は唸り声を上げ、将棋盤を睨み始めた。何とか、王の逃げ道を探しているらしい。

……むだだ、むだだ。考えるなら、こうなる前に考えろ。

源九郎は、すずしい顔をして菅井の顔を見ている。

そのとき、戸口に近寄ってくる足音がし、腰高障子があいた。姿を見せたのは、茂次である。

「おっ、やってやすね」

茂次は土間に下駄を脱ぐと、勝手に座敷に上がってきた。

「茂次、何か用か」

源九郎が訊いた。

「用はねえ、旦那方の将棋を見に来たんでさァ」

そう言って、茂次は将棋盤を覗いた。

茂次も菅井と同じように雨が降ると、研師としての商売に出られなかった。それで、女房のお梅と顔を突き合わせているのに飽きると、源九郎の家にやってくるのだ。

「菅井の旦那の分が悪いようで……」

茂次が口許に薄笑いを浮かべた。

「茂次、将棋が分かるのか」

たしか、茂次は駒の動かし方ぐらいしか分からないはずである。

「ヘッヘヘ……。菅井の旦那の顔を一目見りゃア、だれでも分かりまさァ。まるで、土壇場に引き出された罪人のような顔をしてやすぜ」

「茂次、黙ってろ！」

菅井が怒鳴った。

「へい！」

茂次が首をすくめた。

「うむ……」

菅井は、まだあきらめずに将棋盤を睨んでいる。

茂次はいっときニヤニヤしながら将棋盤の脇に座っていたが、

「昨日、室井の旦那が、大川端を女といっしょに歩いてやしたぜ」

と、小声で言った。

「長屋の娘か」

源九郎は、室井が長屋の娘に手を出したのではないかと思った。

「長屋の娘じゃァねえ。武家の娘でしたぜ。……ひとり、下男のような年寄りを連れてやした」

「そうか」

室井の妹だろうか。室井には十五になる幸江という妹がいるはずである。それにしても危険だ、と源九郎は思った。長屋を出て大川端で、若い娘と会っているところを襲われたら逃げようがない。

……室井に釘を刺しておかねばならんな。

源九郎が胸の内でそうつぶやいたとき、また戸口に近付いてくる下駄の足音がした。

足音は腰高障子の前でとまり、

「華町の旦那、いますか」

と、女の声が聞こえた。お吟である。

「いるぞ」

源九郎が声をかけると、腰高障子があいてお吟が姿を見せた。風呂敷包みをかかえている。

「あら、菅井の旦那と茂次さんも、いっしょなの」

お吟は、土間に立って声を上げた。

そのとき、将棋盤を睨んでいた菅井が、

「ええい！　いいところなのに、うるさくて将棋も指せん！」

と言いざま、将棋盤の駒を掻《か》き混ぜてしまった。

「この勝負は、引き分けだ！」

菅井が叫んだ。

「なに、引き分けだと」

あきらかに、菅井は詰んでいた。それを引き分けなどと——。

「だめだ。だめだ。こううるさくては、将棋も指せんだろう。……華町、勝負は静かになってからだ」

菅井は駒を木箱に入れ始めた。

「勝手にしろ！」

こうなっては、何をいっても駄目だ、と源九郎は思った。

「あたしも、上がらせてもらいますよ」

お吟は座敷に上がると、源九郎の脇に腰を下ろした。

「何かあったのか、お吟」

源九郎が訊いた。

「何もないけど、室井さまは、どうしてます」

「家にいるだろうよ」

お吟は、室井のことで来たようだ。風呂敷包みには、室井の衣類でも入っているのではあるまいか。

「古着屋で、室井さまに、似合いそうな帯を見つけたの」

お吟が、急に声をひそめて言った。

「それなら、ここに来ずに、室井のところへ行ったらいいだろう」

源九郎が不機嫌そうな顔をした。

「だって、あたし、旦那の顔も見たいもの」

お吟が口をとがらせて言った。

「うむ……」

菅井にしろ、お吟にしろ、勝手なやつばかりだ、と源九郎は胸の内でどくづき、顔をしかめた。

三

源九郎が井戸端で顔を洗っていると、孫六が近寄ってきて、

「旦那の耳に入れておきてえことがありやす」

と、小声で言った。何かあったらしい。源九郎にむけられた目に、腕利きの岡っ引きを思わせるような鋭いひかりがある。

「おれの家に来てくれ」

井戸端で、込み入った話をするわけにはいかなかった。いまは源九郎と孫六だ

けだが、長屋の女房連中がいつ水汲みや洗濯に来るか分からない。

源九郎は座敷に腰を下ろすと、

「何があった」

すぐに、訊いた。

「平太を連れて、室井の旦那のお屋敷のある本郷まで行ってみたんでさァ」

「それで？」

「立派なお屋敷でしてね。まちげえなく、室井の旦那は、身分のあるお旗本のお子のようですぜ」

孫六によると、屋敷の近くで、通りかかった中間《ちゅうげん》や物売りなどをつかまえて話を訊いたそうだ。彼らの話では、室井は三男で、長男はすでに病でなくなり、次男はちかごろ病気がちらしいという。それで、三男の室井に跡取りのお鉢がまわってきたのではないか、という者がいたそうだ。

「船村どのが話したとおりだな」

源九郎は孫六に船村の話を伝えてあったが、孫六は念のために聞き込んだらしい。当事者の話を鵜《う》呑《の》みにしないのは、長年岡っ引きとして下手人の探索にあたってきたせいであろう。

「旦那、あっしが気になっているのは、本郷からの帰りに目にしたことなんでさァ」

孫六が、顔をけわしくして言った。

「話してみろ」

「へい、あっしが一ツ目橋の近くまで来たとき、通り沿いにある魚辰《うおたつ》の親爺と店先で話してる侍がいたんでさァ。それが、羽織袴姿の侍でしてね。気になって、侍が店から離れた後、親爺に何を話してたか訊いてみたんでさァ」

孫六によると、侍は親爺に、自分から伝兵衛店の名を出して源九郎や菅井のことを訊いたという。

魚辰は魚屋で、はぐれ長屋の女房連中も買いに行く店である。

「おれと、菅井のことをな」

その侍は、室井を襲った四人のうちのひとりではないか、と源九郎は思った。とすれば、四人は、源九郎や菅井がはぐれ長屋の住人であることを知っていることになる。

「それだけじゃァねえんで」

侍は、近ごろ若侍が伝兵衛店で暮らしていないかと訊いたという。

「親爺は、何と答えたのだ」

「名は知らねえが、ちかごろ若侍が越してきたらしい、と話したそうでさァ」

「まずいな」

室井を襲った四人は、室井がはぐれ長屋にいることも知ったことになる。

「どうしやすか」

孫六も、室井が襲われるかもしれないと思ったようだ。それで、源九郎の耳に入れておこうと思い、井戸端まで来たらしい。

「ともかく、室井に話しておこう」

室井は、長屋から出て大川端辺りで女と会うことがあるようなので、狙われるかもしれない。

「室井の旦那なら、木刀を持って空き地の方へ歩いていくのを見かけやしたぜ」

孫六は井戸端に来るとき、室井の姿を目にしたという。

長屋の脇に狭い空き地があり、長屋の子供たちの遊び場になっていて、地面が踏み固められていた。源九郎や菅井は木刀を振ったり居合の稽古をしたりするとき、その空き地を使うことがあったのだ。

「行ってみよう」

源九郎はすぐに立ち上がった。

途中、菅井の家に立ち寄ると、まだ居合の見世物には行かずにいたので、事情を話して三人で空き地にむかった。

空き地で、室井は木刀の素振りをしていた。襷《たすき》で両袖を絞り、袴の股だちを取っている。腕と脇腹の傷は、木刀の素振りができるほどに癒えたようだ。

空き地の隅に長屋の娘が三人いた。室井の姿に見入っている。男前の室井が気になって見にきたのだろう。

「おい、なかなかの腕だぞ」

菅井が室井を見ながら言った。

「そうだな」

源九郎も、すぐに分かった。

室井の素振りは腰が据わっていた。顔がひきしまり、切れ長の目に鋭いひかりが宿っている。

室井は一振りごとに手の内を絞っているらしく、木刀の先が腰の辺りでピタリととまっていた。剣術の稽古を積んだ者の素振りである。

室井は源九郎たちに気付くと、素振りをやめた。

「傷はいいのか」

源九郎が訊いた。

「はい、お蔭さまで、木刀を振っても痛みがありません」

室井は、手の甲で額の汗を拭きながら言った。白皙《はくせき》が朱を刷《は》いたように紅潮し、木刀を手にして笑みを浮かべた顔は、なかなか美剣士だった。源九郎のような者にも、色気を感じさせる。

……長屋の娘たちが、夢中になるのも無理はないな。

源九郎は、胸の内でつぶやいた。

「剣術は何流かな」

源九郎は声をあらためて訊いた。

「北辰一刀流の稽古をしましたが、玄武館ではありません」

北辰一刀流をひらいた千葉周作の道場は、玄武館だった。室井は別の道場で稽古をしたらしい。

室井によると、本郷にある室井家の屋敷の近くに、玄武館で長年修行を積んだ高弟がいて、室井は少年のころからその高弟の屋敷に通い、北辰一刀流を指南してもらったという。高弟の名は福原峰右衛門《ふくはらみねえもん》で、二百石の旗本だそうだ。

少年のころ、室井は三男ということもあって、ふたりの兄より自由に屋敷を出て剣術の稽古や学問の私塾に通うことができた。当時は嫡男の忠之助も生きていて、室井が家を継ぐ目はなかったという。そのため、当主の清重は室井に剣術や学問を身につけさせ、良家に婿入りさせようと思ったらしい。

「なかなか筋がいいな」

源九郎が言った。

「いえ、まだ未熟です」

室井が、大川端で襲われたときも、太刀打ちできませんでした、と言い添えた。

「相手が三人では、仕方あるまい」

町人を除いて、腕のたつ武士が三人もいたのである。

「室井どのに、言っておきたいことがある」

源九郎が声をあらためて言った。

「室井どのを襲った四人だが、おぬしが伝兵衛店にいることをつきとめたようだぞ」

「……！」

室井の顔がこわばった。

「どこか、身を隠すところはないか」

源九郎は、適当な隠れ家があれば、はぐれ長屋を出るのも手だと思った。

「ありません」

室井が、きっぱりと言った。

「ならば、このまま長屋にいることになるが……」

「……」

室井が困惑したような顔をした。

「仕方がない。わしと菅井はしばらく長屋にいることにしよう」

菅井も、嫌とは言わないだろう。

チラッ、と菅井に目をやると、菅井は渋い顔をしたが、ちいさくうなずいた。

「かたじけない」

室井は頭を下げた。

「ただし、おぬしが勝手に長屋から出歩いてはどうにもならぬ。しばらく、おぬしも長屋を出ないようにしてくれ」

「は、はい」

室井は戸惑うような顔をしたが、すぐに承知した。

「なに、退屈はさせん。……おれが、将棋を指南してやる」

菅井が、胸を張って言った。

四

その日、源九郎は孫六を連れ、本郷に足を運んだ。室井家の内情を知るには、室井が剣術の稽古をした北辰一刀流の福原に訊けば、手っ取り早いとみたのである。それに、福原なら室井を襲った三人の武士にも心当たりがあるかもしれない。

源九郎が室井と北辰一刀流の刀法などを話したおり、室井が福原どのなら三人のことを知っているかもしれないと言って、福原家がどこにあるか口にしたのだ。

室井を連れてこなかったのは、源九郎と室井のふたりで出歩くと、三人の武士に襲われる恐れがあるとみたからである。

福原の屋敷は、本郷にある加賀百万石、前田家の上屋敷の南方に位置し、小身の旗本屋敷のつづく通り沿いにあった。室井から稲荷の斜《はす》向かいにある屋敷だと聞いていたので、すぐにそれと知れた。

　二百石の旗本らしい屋敷だった。片番所付の長屋門で、敷地は六百坪ほどあろうか。屋敷内には、松や紅葉などが植えられた庭があった。その庭で、室井たちは剣術の稽古をしたのかもしれない。

「だ、旦那、門番はいないようですよ」

孫六が緊張した面持ちで言った。

源九郎は、羽織袴姿で二刀を帯びていた。源九郎は室井家の縁者を名乗り、孫六は源九郎に仕える小者ということにした。

「脇から入れるだろう」

門扉はとじていたが、脇のくぐり戸はあきそうだった。

源九郎と孫六は、くぐり戸から屋敷内に入った。門を入るとすぐ、母屋の玄関があった。辺りには人影はないが、屋敷のなかで話し声や床板を踏むような足音が聞こえた。

源九郎が玄関先で訪《おとな》いを請うと、若党らしい武士が姿を見せた。

「それがし、華町源九郎ともうす。福原どのの剣術の門弟であった室井半四郎どのの縁者でござる。……福原どのは、おられようか」

源九郎は室井から、福原は非役だと聞いていたので屋敷内にいるはずだが、留守なら出直すしかないだろう。

「おられるが――」

若党は、訝《いぶか》しそうな顔で源九郎を見ていた。年寄りだったので、源九郎の口にしたことがにわかに信じられなかったのかもしれない。

「実は、室井家のご意向もござって、半四郎どのはそれがしの住居《すまい》におられるのだ。その半四郎どのに代わって、福原どのにお聞きしたいことがあって参ったのでござる。そう、福原どのにお伝えいただきたいが」

少々、まわりくどい言い方だが、そうとしか言いようがなかった。

「しばし、お待ちくだされ」

若党は、すぐに奥へもどった。

待つまでもなく、若党は玄関先に姿を見せ、

「どうぞ、お上がりください。……あるじが、会われるそうです」

そう言って、源九郎を玄関から上げた。孫六は、玄関脇で待つことになった。

源九郎が通されたのは、玄関を入ってすぐの客間らしい座敷だった。いっとき待つと、障子があいて、初老の武士が姿を見せた。

源九郎は武士の姿を一目見て、この男が、福原峰右衛門だ、と察知した。武士は大柄で腰が据わり、挙措《きよそ》にも隙《すき》がなかった。身辺に、剣の達人らしい威風がただよっている。

「それがし、華町源九郎にござる」

源九郎があらためて名乗った。

「わしが福原峰右衛門だが──。華町どのは、だいぶ剣の修行を積まれたようだが、何流かな」

福原が、源九郎に目をむけながら訊いた。福原も源九郎の体や挙措を見て、剣の達者とみたようだ。

「若いころ、鏡新明智流を少々」

「さようか。室井どのから聞かれておられようが、わしは、北辰一刀流でござる」

福原が穏やかな声で言った。源九郎が同じ年頃なので好感を持ったのか、福原の顔はなごんでいた。

「聞いております。福原どのは、千葉先生の道場で修行なされたとか」

「若いころの話でな。……ところで、室井家のことで何か訊きたいことがあるそうだが」

福原が声をあらためて訊いた。

「実は、室井どのが何者かに命を狙われておりまして、福原どのにお聞きすれば、そやつらが何者か知れると思い、訪ねてまいったのでござる」

「わしには、かいもく見当もつかぬが」

福原は首をひねった。

「室井どのを狙った武士は三人、いずれも腕のたつ者たちです」

源九郎は、三人の体軀《たいく》や顔付きなどを話した。

「分からぬな」

「室井家とかかわりのある者たちとみておりますが」

「うむ……」

福原は小首をかしげている。

「大柄な武士は、八相に構えました」

源九郎は、武士が両肘を高くとり、刀身を垂直に立てた大きな構えであることを話した。

「そのような八相をとったとすると、直心影流《じきしんかげりゆう》の黒沢《くろさわ》道場の者かもしれませんな」

福原によると、直心影流の八相の構えは刀身を高くとるという。なかでも、直心影流の遣い手である黒沢十左衛門《じゆうざえもん》は、両肘を高くとり、切っ先で天空を突くように大きく構えるそうだ。

「ただ、黒沢どのは、わしより歳でな。それに、どちらかといえば、痩せておられる」

どうやら、福原は黒沢と面識があるらしい。

福原の話から判断して、黒沢が室井を襲った大柄な武士ではないようだ。老齢過ぎるし、体軀もちがっている。

「いま、黒沢道場ともうされましたな」

源九郎が訊いた。

「さよう、黒沢どのは、神田平永町《ひらながちよう》で道場をひらいておられる」

「道場主でござるか」

室井を襲った大柄な武士は、黒沢道場の門弟かもしれない、と源九郎は思った。

「いまでも、道場をひらいておられるはずだ。数年前になるが、わしも道場を訪ねたことがある」

福原が言った。

「黒沢道場の門弟もご存じでござろうか」

「いや、門弟のことは知らぬな」

福原は首を横に振った。

それから、源九郎は室井家のこともそれとなく訊いてみたが、家督争いのことはまったく知らないようだった。

「お手間をとらせました」

源九郎が腰を上げようとすると、

「華町どの、近くにお越しのおりには、立ち寄ってくだされ。……そのうち、おてまえと、竹刀を交えてみたいと思ってな」

福原が目を細めて言った。

五

源九郎は福原家を出ると、孫六を連れて神田平永町にむかった。帰り道でもあったし、黒沢道場を見てみようと思ったのである。

源九郎たちは本郷から湯島に出て、神田川にかかる昌平橋を渡った。そして、筋違御門《すじかいごもん》の前を通り過ぎて柳原通りを両国方面にすこし歩いた後、右手の路地に入った。その辺りが、平永町である。

路地沿いにあった酒屋に立ち寄って黒沢道場のことを訊くと、すぐに分かった。三町ほど歩くと四辻に突き当たり、その辻を右手におれて、さらに二町ほど行くと黒沢道場の前に出られるという。

四辻をおれていっとき歩くと、前方から気合や竹刀を打ち合う音が聞こえてきた。

「あれだな」

路地の右手に道場らしい建物があった。建物の側面が板塀になっていて、武者窓がある。大きな道場ではなかった。古い町家を道場らしく改築して、町道場にしたような建物だった。

源九郎と孫六は、道場の脇まで来て足をとめた。

「旦那、どうしやすか」

孫六が、道場に目をやりながら訊いた。

稽古が終わったらしく、道場内から聞こえていた竹刀を打ち合う音がやんでいる。

「道場に入って、話を訊くわけには、いかんな」

道場主の黒沢に、いきなり門弟のことを訊くことはできなかった。

「今日のところは、このまま帰るか」

源九郎は道場のある場所を確かめるために来たので、このまま帰ってもいいと思った。

源九郎がきびすを返したとき、

「旦那、道場から出てきやしたぜ」

孫六が、小声で言った。

見ると、剣袋や木刀にくくり付けた防具を持った若侍が二人、三人と、道場の戸口から出てきた。稽古を終えた門弟たちらしい。

「門弟に訊いてみるか」

源九郎と孫六は、路傍に身を寄せた。年配の門弟のことをよく知っていそうな者をつかまえて、話を訊いてみようと思ったのだ。

十人ほどやり過ごすと、二十代半ばと思われる武士が、ひとり出てきた。

……あの男に訊いてみよう。

と、源九郎は思い、武士が近付くのを待った。

「しばし、お待ちくだされ」

源九郎が声をかけた。

「それがしでござるか」

武士は足をむけ、怪訝《けげん》な顔をした。見ず知らずの老武士に、声をかけられたからであろう。

「いかにも、ちと、黒沢道場のご門弟のことでお聞きしたいことがござってな。お手間をとらせるわけにはいかないので、歩きながらで結構でござる」

そう言って、源九郎は武士の向かっていた方へ歩きだした。孫六は、源九郎からすこし間をとってついてくる。

武士は源九郎と肩を並べて歩きながら、

「何を訊きたいのでござる」

と、源九郎に目をむけながら言った。

「十日ほど前、それがしがふたりの徒牢人《いたずらろうにん》にからまれて難儀しているとき、ちょうど通りかかった武士が助けてくれたのだ。……その方は、剣の遣い手らしく見事な太刀捌《たちさば》きで、ふたりの徒牢人を峰打ちで打ちのめした。……わしは、あらためて礼に伺《うかが》うつもりで、名を訊いたのだが、黒沢道場の者だ、と口にされただけで、行ってしまわれた。それで、道場のご門弟に訊けば知れるかと思い、訪ねてまいった次第でござる」

源九郎は、適当な作り話を口にした。

「その方は黒沢道場の者だ、と言っただけですか」

武士が訊いた。

「そうなのだ」

「門弟でしょうが、それだけでは分かりませんね」

武士は首を横に振った。

「歳は、三十がらみであったろうか。大柄な方でな、眉が濃く、鋭い目をした御《ご》仁《じん》じゃったな」

源九郎は、浜乃屋の前で立ち合った武士を思い出しながら言った。

「だれかな……」

武士は首をひねった。

「その御仁は上段にとったのだが、刀を高くとった大きな構えだったな」

「喜田《きだ》どのだ」

武士が、声を大きくして言った。

「その御仁を、ご存じでござるか」

すぐに、源九郎が訊いた。

「知っている。……黒沢道場の師範代だった方で、名は喜田勘兵衛《かんべえ》どのでござる」

「喜田どのは、いま、道場におられないのか」

「三年ほど前に、やめられたのだ」

「いま、どこにおられるか、ご存じかな」

源九郎は喜田の居所が知りたかった。

「分かりません」

「喜田どののお住居《すまい》は？」

「生まれた家は、御徒町《おかちまち》にあると聞いたが……」

武士は語尾を濁した。はっきりしないらしい。

「喜田どのは、御家人でござるか」

御徒町には御家人が多く住んでいて、通り沿いには御家人や小身の旗本の屋敷が建ち並んでいる。

「家は御家人と聞いているが……。喜田どのは三男で、すでに家を出られたはずですよ」

「御徒町のどの辺りかな」

源九郎は、念のために家にもあたってみようと思った。

「通り沿いと聞いた覚えはあるが」

分からない、と武士が言い添えた。

源九郎は、喜田といっしょにいたふたりの武士のことも訊いてみようと思ったが、口にしなかった。これ以上訊くと嘘がばれると思ったからである。

「いや、お手間をとらせた」

源九郎は足をとめて礼を言った。

源九郎と孫六は路傍に立って武士を見送った後、両国橋方面に足をむけた。今日のところは、このままはぐれ長屋に帰るつもりだった。すでに、陽は西の家並の向こうに沈みかけている。

六

源九郎と孫六は、柳原通りを両国にむかって歩いていた。浅草御門が前方に見えてきた。その先が、両国広小路である。

「だいぶ、遅くなったな」

源九郎が西の空に目をやって言った。

すでに陽は沈み、西の空は茜色《あかねいろ》に染まっていた。通り沿いに並んでいる古着を売る床店も店仕舞いし、葦簀《よしず》がまわしてあった。日中は人通りの多い柳原通りも、いまは人影がまばらだった。

源九郎と孫六は、すこし足を速めた。暗くなる前に、はぐれ長屋に帰りたかったのである。

ふたりは両国広小路を抜け、両国橋を渡って東の橋詰に出た。日中は賑やかだが、いまは人影もまばらである。

橋詰を過ぎて本所元町《もとまち》から竪川沿いの通りまで来ると、前方に竪川にかかる一ツ目橋が見えてきた。ここまで来ると、はぐれ長屋はすぐである。

竪川沿いの通りは、ひっそりとしていた。辺りは淡い夕闇につつまれ、表店《おもてだな》は店仕舞いして表戸をしめている。

ふたりが一ツ目橋のたもとに近付いたとき、

「だ、旦那、柳の陰にだれかいやすぜ」

孫六がうわずった声で言った。

見ると、川岸に植えられた柳の樹陰に人影があった。そこは薄暗く、はっきり見えなかったが、武士であることは分かった。袴姿で、腰に刀を帯びている。

……何者であろう。

源九郎の脳裏に、室井を襲った三人の武士の姿がよぎった。だが、ちがうようだった。武士は総髪だった。大刀を一本、落とし差しにしている。

源九郎は辻斬りかと思ったが、足をとめなかった。辻斬りなら恐れることはなかったし、懐の寂しそうな老武士を襲うはずはないのである。

源九郎は、足をとめずに橋のたもとに近付いた。

「だ、旦那、あそこにも！」

孫六が、左手の表店のつづく方を指差した。

店仕舞いした下駄屋の脇に、人影があった。大柄な武士である。

……喜田ではあるまいか！

顔ははっきりしなかったが、その体軀に見覚えがあった。浜乃屋の前で立ち合った武士である。その武士が、喜田勘兵衛という名であることを聞いたばかりである。

喜田はゆっくりとした足取りで、通りに出てきた。すると、柳の陰にいた総髪の武士も、源九郎たちの方に近付いてきた。

「待ち伏せだ！」

源九郎は、すぐに察知した。ここで、はぐれ長屋に出入りする室井や源九郎たちを討つために待ち伏せしていたのである。

「だ、旦那、どうしやす」

孫六が声をつまらせて訊いた。

源九郎は、このままではふたりとも斬られると思った。柳の樹陰から出てきた武士は、何者か知れないが、遣い手とみていい。腰が据わり、歩く姿に隙がなかった。それに、身辺に異様な殺気がただよっている。

牢人らしく、総髪の上に無精髭が伸びていた。身辺には荒廃した雰囲気がある。

「孫六、長屋まで走れ！」

喜田たちは、孫六など念頭にないだろう。孫六を追わずに、ふたりで源九郎を仕留めようとするはずだ。

「だ、旦那を残して、逃げられねえ！」

孫六が、声を震わせて言った。

「菅井を呼んでくるんだ」

源九郎は、菅井が駆け付けるまで持ち堪《こた》えるしかないと思った。

孫六は足踏みしながら、まごまごしている。

「行け！　孫六」

源九郎が孫六の肩先を押した。

「へい！」

孫六は走りだした。ただ、孫六は痛風を患って左足がすこし不自由なので、そう速くは走れない。それでも、必死になって走った。

孫六は表店の細い路地を抜け、はぐれ長屋にむかうはずである。

喜田が逃げる孫六に目をやり、逡巡《しゅんじゅん》するような顔をしたが、すぐに源九郎にむかって歩きだした。やはり、ふたりで源九郎を討つつもりらしい。

源九郎は川岸に走り、竪川を背にして立った。背後からの攻撃を避けるためである。

牢人が、源九郎の前に歩を寄せてきた。喜田はすばやい動きで、源九郎の左手にまわり込んだ。

「わしに何か用か」

源九郎は、牢人に声をかけた。まだ、刀を抜く気配を見せなかった。

総髪の牢人は、およそ三間半ほどの間合をとって源九郎と対峙《たいじ》した。三十がらみであろうか。浅黒い顔をしていた。目が細く、切っ先のような鋭いひかりを宿している。

「うぬを斬る」

牢人が低い声で言った。

「おぬし、喜田たちの仲間か」

源九郎が喜田の名を出すと、左手にまわり込んでいた武士が驚いたような顔をした。いきなり、源九郎が名を口にしたからであろう。

「おれの名を知られたからには、何としても斬らねばならぬな」

言いざま、喜田が抜刀した。

すかさず、源九郎も抜き、切っ先を対峙した牢人にむけた。

牢人はゆっくりした動きで刀を抜くと、両手を頭上に上げて上段に構えた。

……この構えは！

通常の上段とはちがう。異様な構えだった。

切っ先を背後にむけ、刀身を水平に寝かせている。そのため、源九郎からは刀身を見ることができなかった。見えるのは、刀の柄だけである。

「霞上段《かすみじょうだん》……」

牢人がつぶやくような声で言った。

七

源九郎と牢人との間合は、およそ四間――。まだ、一足一刀の斬撃の間境の外である。

源九郎は青眼の構えから刀身を上げ、切っ先を牢人の左拳につけた。八相や上段に対応する構えである。

牢人は無表情だった。源九郎を見すえた双眸《そうぼう》だけが、淡い夕闇のなかで底びかりしている。

……できる！

源九郎は、背筋を冷たい物で撫《な》でられたような気がして身震いした。遣い手と対峙したときの恐怖と気の昂《たかぶ》りである。

タアアッ！

突如、源九郎は鋭い気合を発した。おのれの恐怖を払拭し、闘気を鼓舞するためである。

牢人は源九郎の気合に反応しなかった。上段に構えたまま、刺すような目で源九郎を見すえている。

ふたりは、いっとき四間ほどの間合をとったまま対峙していたが、

「こぬなら、いくぞ！」

牢人が低い声で言い、足裏を摺《す》りながら間合をせばめ始めた。

対する源九郎は、動かなかった。切っ先を牢人の左拳につけたまま、牢人の斬撃の起こりをとらえようとしていた。

源九郎との間合が、ジリジリせばまってきた。牢人の全身から痺《しび》れるような剣気がはなたれ、しだいに斬撃の気が高まってくる。

源九郎は身の竦《すく》みそうな強い威圧を感じたが、全身に気魄《きはく》をこめて威圧に耐えていた。源九郎と牢人は、息詰まるような緊張と時のとまったような静寂のなかにいた。ふたりだけの剣の磁場につつまれている。

ふいに、牢人の寄り身がとまった。

……あと、一歩！

源九郎は、斬撃の間境まであと一歩と読んだ。一歩踏み込まなければ、斬り込んでも切っ先のとどかない間合である。

牢人は全身に気勢をみなぎらせ、斬撃の気配を見せた。気攻《きぜ》めである。源九郎も切っ先に気魄を込めて、牢人の気攻めに耐えた。

いっとき、気の攻防がつづいた。

と、牢人が一歩踏み込んだ。瞬間、頭上に上げた両拳が、ピクッ、と動き、わずかに構えがくずれた。

……隙だ！

源九郎は感知した瞬間、体が躍動した。

イヤアッ！

鋭い気合を発し、源九郎が斬り込んだ。

踏み込みざま袈裟《けさ》へ――。

間髪を入れず、牢人の体が躍り、上段から閃光《せんこう》がはしった。

迅《はや》い！

稲妻のような斬撃だった。

袈裟と上段からの斬り落とし――。二筋の閃光が、源九郎の眼前で合致した瞬間、甲高い金属音がひびき、青火が散って、源九郎の刀身がたたき落とされた。牢人の上段からの斬撃に押されたのである。

次の瞬間、ふたたび牢人の体が躍った。

……敵の二の太刀がくる！

感知した源九郎は、咄嗟《とっさ》に身を引いた。

牢人の刀身が袈裟にはしった刹那《せつな》、左肩から胸にかけて焼鏝《やきごて》を当てられた衝撃がはしった。

……斬られた！

頭のどこかで感じた源九郎は、右手に大きく跳んだ。牢人の次の斬撃から逃れるために、体が反応したのである。

牢人は、すばやい動きで源九郎の前にまわり込んできた。

源九郎は、ふたたび青眼に構えた。牢人は切っ先を後ろにむけて上段にとった。牢人が霞上段と呼んだ構えである。

源九郎の着物が左肩から胸にかけて裂け、肌の傷から血がふつふつと噴き出ていた。ただ、皮肉を裂かれただけで、それほどの深手ではない。咄嗟に、身を引いたため深い斬撃を受けずに済んだようだ。

「なんだ、この太刀は！」

思わず、源九郎が声を上げた。霞上段から連続してふるう太刀は、源九郎の知らない技だった。

「上段霞崩《じょうだんかすみくず》し……。よくかわしたな」

　牢人がくぐもった声で言った。口元に薄笑いが浮いていたが、双眸は笑っていなかった。切っ先のような鋭い目が源九郎を見すえている。

……上段霞崩し！

恐ろしい技だ、と源九郎は思った。

「だが、次はかわせぬぞ」

牢人はふたたび足裏を摺るようにして間合をせばめ始めた。

このとき、孫六はぐれ長屋に駆け込み、菅井の家の戸口まで来ていた。

孫六は顔をひき攣《つ》らせ、ゼイゼイと荒い息を吐きながら戸口の腰高障子をあけはなった。

菅井は薄暗い座敷のなかほどで座し、将棋盤を睨んでいた。ひとりで、将棋の手を考えていたようだ。

孫六は土間に転がり込み、

「て、てえへんだ！」

と、喘《あえ》ぎながら叫んだ。

「どうした、孫六」

菅井は立ち上がって、土間まで出てきた。

「は、華町の旦那が、殺される！」

孫六が土間に両手を突き、声をつまらせて言った。

「どこだ！」

菅井は、源九郎が襲われたことを察知した。

「ひ、一ツ目橋の近く……。ふたりの侍に」

「よし！」

菅井は、座敷の隅に置いてあった刀をひっ摑《つか》むと、孫六、室井にも知らせろ、と言い残し、戸口から飛び出していった。こんなときは、室井も力になると菅井はみていたのである。

菅井は走った。井戸の脇を通り、路地木戸から飛び出すと竪川の方へ懸命に走った。

路地は、夕闇につつまれていた。通り沿いの店は表戸をしめ、ひっそりと静まっている。人影はほとんどなく、ときおり遅くまで仕事をした職人ふうの男や酔いどれなどが、通りかかるだけである。

菅井も、息が上がってきた。心ノ臓が早鐘のように鳴り、足がもつれた。それでも走るのをやめなかった。目がつり上がり、ひらいた口から牙のような歯が覗いている。般若のような凄《すさ》まじい形相である。

竪川沿いの通りまで出ると、一ツ目橋のたもとに人影が見えた。

三人——。斬り合っていた。中背の男と対峙しているのが、源九郎である。

源九郎は、岸際に追いつめられていた。源九郎の着物が裂けている。斬撃をあびたらしい。

……華町が、あやうい！

と、菅井はみた。

「華町ィ！」

絶叫し、菅井は死に物狂いで走った。

その声で、喜田が振り返った。菅井に気付いたらしい。喜田が、「やつは、菅井だ、おれがやる」と言いざま、体を菅井の方へむけた。

牢人は、上段に構えたまま源九郎と対峙していた。牢人の左拳にむけた源九郎の切っ先が、小刻みに揺れている。源九郎は肩口の他に、左の二の腕にも傷があった。腕を斬られたことで力み、体が硬くなっているようだ。

菅井は、一気に喜田に迫った。左手で鍔元《つばもと》を握り、右手で刀の柄をつかんでいる。居合の抜刀体勢をとったまま、いきなり間合に踏み込んだ。

イヤアッ！

裂帛《れっぱく》の気合を発し、菅井が抜きつけた。敵の動きの読みも間積もりもなかった。走り寄りざま居合をはなったのである。

菅井の腰元から閃光が逆袈裟にはしった。

咄嗟に、喜田は後ろに跳んだ。

バサッ、と喜田の右袖が裂けた。菅井の切っ先がとらえたのである。だが、着物だけだった。やや間合が遠かったのだ。

菅井は足をとめ、刀身を引いて脇構えにとった。ハア、ハア、と荒い息を吐き、体が波打つように揺れていた。走りづめできたため、喘ぎが収まらないのだ。

菅井の様子を見た喜田は、口許に薄笑いを浮かべ、

「菅井、おれが楽にしてやる」

と言いざま、青眼に構えて切っ先を菅井にむけて間合をつめてきた。

菅井は後じさった。このままでは、喜田の斬撃をかわせないとみたのである。

そのとき、菅井の背後で足音と人声がした。「あそこだ！」「華町どの！」「やり合ってるぞ！」などという男の声が聞こえた。

足音は大勢だった。菅井たちの方へ走ってくる。

……室井がいる。

と、菅井は室井の姿を見てとった。室井だけではない。茂次や三太郎の姿もあった。孫六から話を聞いて、長屋にいた茂次たちも駆け付けたようだ。

喜田の顔に、戸惑うような表情が浮いた。源九郎たちの助太刀が、大勢あらわれたからであろう。

喜田は後じさり、菅井との間合があくと、

「引け！　今日はこれまでだ」

と声を上げて、反転した。

源九郎と対峙していた牢人も、状況を察知したらしく、源九郎との間合をとってから、

「華町、勝負はあずけたぞ」

と言い置き、反転して喜田の後を追った。

「た、助かった……」

源九郎が、菅井に顔をむけて言った。

「華町、ひどい姿だぞ」

菅井が顔をしかめて言ったが、ほっとした表情が浮いている。息も収まってきたようだ。

源九郎と菅井が抜き身を引っ提げて立っているところへ、はぐれ長屋の男たちがばらばらと駆け寄ってきた。

第三章　黒　幕

一

菅井が訊《き》いた。

「華町、どうだ傷は痛むか」

はぐれ長屋の源九郎の家だった。菅井と室井の他に、孫六、茂次、三太郎、平太の四人が集まっていた。

源九郎が、喜田と牢人に襲われた翌朝だった。

襲われた日、源九郎は後から駆け付けた室井や茂次たちとともにはぐれ長屋にもどり、菅井や室井に、傷の手当てをしてもらった。肩から胸にかけて斬られ、左の二の腕も、浅く皮肉を裂かれていた。ただ、浅手なので、血さえとまれば刀をふるうこともできるだろう。

　翌朝、明るくなると、さっそく菅井たちがその後の様子をみに源九郎の家に集まったのである。

「たいした傷ではない」

　源九郎が、照れたような顔をして言った。

「おれに立ち向かってきた男は、浜乃屋の店先でやり合ったひとりだな」

　菅井が、念を押すように訊いた。

　昨夜、源九郎は傷の手当てを受けながら、待ち伏せしていたふたりのことを話したのだ。

「名は、喜田勘兵衛だ。御徒町に屋敷のある御家人の三男らしい。それに、平永町の黒沢道場の師範代だったようだ」

　源九郎は、黒沢道場の門弟から聞いたことを話した。

「室井どの、喜田勘兵衛を知っているか」

　源九郎が声をあらためて訊いた。

「いえ、知りませんが」

　室井は首をひねった。

「室井家とは、かかわりがないのだな」

「ないはずですが……。それがしには、分からないこともあります」

「そうだろうな」

室井の父親の清重が幕閣だったころのことや、家士や奉公人たちのかかわりまでは分からないだろう。

「黒沢道場はどうだ。何か心当たりはあるか」

「黒沢道場のことは聞いたことがありますが、行ったこともないし、門弟のことも知りません」

「そうか」

現状では、黒沢道場から手繰るのはむずかしい、と源九郎は思った。

「華町の旦那、御徒町をあたってみやしょうか」

孫六が口をはさんだ。

「喜田の家か」

どうやら、孫六は源九郎と門弟のやり取りを聞いていたらしい。

「そうでさァ」

「やってくれるか」

喜田の家が分かれば、いま喜田がどこに住んでいるかつきとめられるかもしれない。

「茂次や三太郎にも、手を貸してもらいやす」

孫六が言うと、茂次、三太郎、平太の三人がうなずいた。

「孫六たちに頼もう」

源九郎や菅井は迂闊《うかつ》に出歩けないが、いまのところ孫六たちなら長屋を出て探索することができるだろう。

「華町、おぬしとやりあっていた男は、何者だ」

菅井が顔をけわしくして訊いた。源九郎が後れをとったことからみて、尋常な遣い手ではないと踏んだのだろう。

「牢人らしいが、何者か分からぬ。……遣い手だぞ。上段霞崩しなる剣を遣った」

源九郎が顔をけわしくして言った。

「上段霞崩しだと！」

菅井が声を上げた。顔がひきしまり、双眸《そうぼう》がひかっている。

「菅井、聞いたことがあるか」

「いや、知らぬ」

「難敵だぞ」

源九郎は、菅井の居合でも後れをとるのではないかと思った。

「うむ……。喜田たち三人にくわえて、その牢人がくわわったわけか。おれたち三人でも、太刀打ちできないな」

菅井がけわしい顔をした。

「な、長屋へ踏み込んできたら、どうしやす」

三太郎が、不安そうな顔をした。

「いまのところ、その心配はないが――」

一ツ目橋のたもとで待ち伏せしていたことからみて、喜田たちは源九郎たちが長屋を出入りするのを待ち伏せして討とうとしているようだ。

「だが、そのうち踏み込んでくるかもしれん。何度か待ち伏せに失敗すれば、策を変えるだろうからな」

源九郎が、孫六たちに目をやって言った。

孫六たちは不安そうな顔をして、口をつぐんだ。座敷が重苦しい沈黙につつまれたとき、

「わたしが、長屋を出ればいいのですが……」

室井が困惑したような顔をして言った。

「ここで、室井どのを長屋から追い出すようなら、初めから匿《かくま》ったりはしない」

源九郎が語気を強くして言うと、茂次たち四人もうなずいた。

「何か手を打とう」

源九郎はそう言ったが、打つ手はなかった。

「ともかく、船村に連絡をとってみます」

室井が言った。

「本郷まで出かけるのか」

「仕方がありません」

「ならば、身を変えていけ」

源九郎は、町人体に身を変えていけば、喜田たちの目を逃れることができるだろうと思った。

翌朝、室井は茂次の小袖や股引《ももひき》を借りて着替え、風呂敷包みを背負い、菅笠をかぶって長屋を出た。町人に変装したのである。緊急時の連絡のため、平太が同行した。足の速い平太なら役にたつはずである。

その日の午後、室井と平太が長屋にもどってから、半刻(一時間)ほどして、三人の武士が源九郎の家に姿を見せた。船村と枝島、それに安森達之助《やすもりたつのすけ》という室井家に仕える若い家士だった。

二

源九郎の家に、六人の男が座していた。源九郎、菅井、室井、船村、枝島、それに安森である。男たちの顔は、けわしかった。室井の身に危険が迫っていることを察知していたからである。

「華町どの、怪我の具合はどうですかな」

すぐに、船村が訊いた。室井から、源九郎が傷を負ったことを聞いたのだろう。

「たいした傷ではない。すぐに、刀も遣えるようになる」

源九郎は照れたような顔をして言った。

「それを聞いて、安堵《あんど》しました」

「あらためて、船村どのにお聞きしたいことがあるのだがな」

源九郎は、船村なら喜田や黒沢道場のことも知っているのではないかと思ったのだ。

「なんでしょうか」

「喜田勘兵衛なる者をご存じだろうか。喜田はわしを襲ったひとりだが、室井どのを襲った四人のなかにもいたのだ」

「喜田勘兵衛でございますか。覚えがありませんが……。枝島どうだ」

船村が、枝島に訊いた。

「神田平永町の黒沢道場に、喜田という師範代がおりましたが」

「その男だ！」

源九郎は、喜田が黒沢道場の師範代であったことを話した。

「なぜ、黒沢道場の師範代が、半四郎さまのお命を狙うのかな」

船村は小首をかしげた。

「室井家は、黒沢道場とかかわりはないのか」

源九郎が訊いた。

「黒沢道場とは、何のかかわりもありません」

船村が、はっきりと言った。

「伊賀守さまが、若いころ黒沢道場の門弟だったとか。あるいは、室井家に奉公している者のなかに、黒沢道場の門弟がいるとか……」

何かかかわりがあるはずだ、と源九郎は思った。

伊賀守は、当主の清重である。

「殿は剣術道場に通われたことはありませんし、家士のなかにも黒沢道場の門弟はいませんが」

「そうか」

次に口をひらく者がなく、座敷が沈黙につつまれたとき、

「奥方のおせいさまのご尊父が、黒沢道場に通われていたことがあると、聞いたことがございますが」

枝島が声を低くして言った。

「ご尊父は、どのような方ですかな」

源九郎が船村に訊いた。

「菊池《きくち》源内《げんない》さまは二百石の旗本で、非役です。お屋敷は、駿河台にあります」

「菊池どのは、室井さまのお屋敷に来ることもあるのかな」

「ときおりみえられ、殿と話されることもあります。なにしろ、奥方のご尊父ですから」

船村の顔に不愉快そうな表情が浮いたが、すぐに消えた。菊池のことをよく思っていないのかもしれない。

「菊池どのは、いまでも黒沢道場に出入りしているのか」

源九郎は枝島に訊いた。

「いまは、黒沢道場に行かれることはないはずです。菊池さまが道場をやめられ、十年以上経ちますから」

枝島によると、菊池は五十ちかい歳で、道場に出入りしていたのは三十代のころまでではないかという。

「うむ……」

源九郎も、菊池は黒沢道場に出入りしていないだろうと思った。十年以上経てば、門弟たちも知らない者ばかりだろうし、道場主とも疎遠になるはずである。

「ところで、わしを狙った牢人体の男は、上段霞崩しなる技を遣ったのだが、どこかで聞いたことがあるかな」

源九郎が言うと、それまで黙っていた安森が、

「ございます！」

と、声を大きくして言った。

「はい、それがし松永町《まつながちょう》の伊庭《いば》さまの道場に通っておりますが、門弟たちの噂で上段霞崩しのことを聞いた覚えがございます」

安森が身を乗り出すようにして言った。

神田松永町に、伊庭軍兵衛《ぐんべえ》の心形刀流の道場がある。安森は、その伊庭道場に通っているらしい。

「その技を遣うのは、何者か聞いているか」

「大槻泉九郎《おおつきせんくろう》という牢人と聞きました」

「大槻な」

源九郎は聞いた覚えがなかった。菅井も知らないらしく、口をつぐんだまま何も言わなかった。

「大槻ですが、黒沢道場に食客としていたことがあると聞いた覚えがあります」

安森が昂《たかぶ》った声で言った。

「なに、黒沢道場にいたと」

喜田と大槻は、黒沢道場にいるときつながったにちがいない。やはり、此度《こたび》の件は黒沢道場がかかわっているようだ。

「いまは、黒沢道場にはいないのだな」

船村が訊いた。

「いまはいないはずです。それがしが、上段霞崩しの噂を聞いたのは三年ほども前のことです」

「大槻の塒《ねぐら》は聞いていないな」

源九郎が訊いた。

「はい」

「ところで、喜田の住居《すまい》を知っているか」

源九郎は枝島と安森に目をむけて訊いた。

「知りません」

枝島が答えると、安森もうなずいた。

「やはり、御徒町の喜田の家からたどるしか手はないか」

源九郎は、孫六たちがつきとめるだろうと思った。

それから、源九郎たちは、室井の身をどうやって守るか相談した。室井家にもどすことも考えたが、室井はまったくその気がなかった。しかたなく、室井の命を狙っている者たちがはっきりし、その者たちを斃《たお》すまで、ひきつづき長屋にとどまることになった。ただ、腕のたつ者が源九郎と菅井だけでは、大勢で踏み込まれたとき守りきれないので、枝島と安森も、長屋の室井の部屋で寝起きすることになった。

枝島は一刀流を遣い、安森は心形刀流の遣い手だという。こんなこともあろうかと、安森を同行してきたらしい。

「それがしも、様子を見にきましょう」

船村はそう言い残し、ひとりで長屋を出た。

三

「このように構えた」

源九郎は刀を振り上げて上段に構えると、切っ先を背後にむけ、刀身を水平に寝かせた。

はぐれ長屋の脇の空き地だった。源九郎、菅井、室井、それに安森の姿があった。枝島は、室井の家に残っている。

源九郎が、喜田と大槻に襲われて負傷してから十日経っていた。源九郎が菅井に、傷も癒えたので、そろそろ刀を振ってみるつもりだ、と話すと、それなら上段霞崩しの太刀筋をやってみせてくれ、と言い出し、長屋から空き地にむかったのだ。

途中、室井と顔を合わせると、わたしも見たいと言い出し、そばにいた安森といっしょに空き地までついてきたのである。

「それが、霞上段の構えか」

菅井が低い声で訊いた。いつになく、顔がひきしまっている。

室井と安森も、真剣な顔付きで源九郎の構えを見つめている。

「この構えから、間合を寄せるのだ」

源九郎は、足裏を摺《す》るようにしてジリジリと前に出ながら、

「そして、切っ先のとどく一歩手前で、寄り身をとめた」

と言って、足をとめた。

「このとき、大槻は構えをくずして隙《すき》をみせた。すかさず、わしは袈裟《けさ》に斬り込んだのだ。すると、大槻は上段から斬り下ろしてきた」

源九郎は上段に構えていた刀身を斬り下ろしながら、その後の源九郎と大槻の動きと太刀捌《たちさば》きを話した。

「華町は、大槻の二の太刀をあびたのだな」

菅井が低い声で言った。

「大槻の上段から袈裟への二の太刀が迅《はや》くてな。防ぎきれなかったのだ」

「大槻は初太刀で華町の刀をたたき落とし、二の太刀で仕留めようとしたわけか」

「そうだ」

「上段霞崩しは、初太刀で敵の刀をたたき落として構えを崩すことから名付けられたのではないかな」

菅井が言った。

「わしもそうみた」

「恐ろしい剣だな」

菅井は、腰に帯びた刀の柄に右手を添え、居合腰に構えた。そのまま凝《じっ》と虚空を睨むように見すえている。

菅井は霞上段に構えた敵を脳裏に描いて、居合でどう立ち向かうか考えているにちがいない。

室井と安森も源九郎たちからすこし離れ、腰の刀を抜いて、霞上段に構えている。どのような剣なのか、自分なりに試そうとしているようだ。

そのとき、空き地の隅で、「見て、室井さまが、刀を抜いたわよ」「綺麗な構え……」「凜々《りり》しいわ」などという女の声が聞こえた。

見ると、長屋の娘が五人、空き地に立って室井に目をやっている。室井に気がある娘たちが、稽古を見に来たようだ。

あきれたことに、お熊とおまつの顔もあった。娘たちにまじって室井を見つめている。

子供たちも、三、四人来ていた。こちらは屈んだまま小石を投げたり、棒切れで地面に何か描いたりしていた。空き地を遊び場にしている子供たちが、源九郎たちに場所をとられ、稽古を見るのにも飽きて遊び始めたようだ。

「うるさい女たちだ」

菅井が顔をしかめて言った。刀の柄から手を放し、腰も伸ばしている。

室井も困惑したような顔をして、上段から刀を下ろして納刀した。女や子供たちに見学されていては気が散って、剣の工夫などはできないようだ。

「ちょっと、通してくださいな」

別の女の声がした。

年増《としま》がひとり、空き地の隅にいる娘たちの間を通り抜けてこちらに歩いてくる。手に風呂敷包みを下げていた。

「お吟だ!」

源九郎も手にした刀を下ろした。

お吟は下駄を鳴らして源九郎のそばに近付くと、室井に流し目をやりながら言った。

「華町の旦那が怪我したと聞いて、急いで来たんですよ。……あたし、心配で」

源九郎は腹のなかで、それにしては来るのが遅いではないか、もう十日も経っている、と思ったが、

「だいぶいいのだ。こうして、刀を振れるほどだからな」

と言って、口許に笑みを浮かべた。

「みんなで、剣術の稽古ですか」

お吟が、男たちに目をやって訊いた。

「そうだが……。お吟、その風呂敷は何だ」

源九郎は、お吟の手にしていた風呂敷包みに目をやった。

「これね、単衣《ひとえ》なの」

お吟は源九郎に身を寄せ、

「旦那の着物が斬られたと聞いてね。古着屋で見つけてきたんですよ」

と小声で言いながら、室井に目をやっている。室井のことが気になっているようだ。

源九郎は単衣を持ってきたのは、長屋で室井と顔を合わせるための口実かもしれないと思ったが、源九郎のために古着屋をまわって単衣を見つけてきたのが事実なら、多少の浮気は目をつぶらねばならないと思いなおした。

「まったく、華町までデレデレしおって、剣術の工夫どころではない。おれは、長屋に帰るぞ」

菅井は不機嫌そうに言って、ひとりで長屋に足をむけた。

源九郎たちも空き地にいる気は失《う》せてしまい、長屋にもどることにした。

お吟は室井の家へ行きたかったらしいが、安森と枝島が同居していると知ると、さすがについていくことはできず、源九郎の家に上がり込んだ。

そこへ、孫六と茂次が顔を出した。ふたりは、御徒町に出かけ、喜田の屋敷を探していたのである。

孫六と茂次は、お吟が座敷にいるのを見て戸惑ったような顔をしたが、

「わしに、単衣をとどけてくれたのだ」

源九郎が言うと、ふたりは口許に薄笑いを浮かべて座敷に上がった。孫六と茂次も、お吟と源九郎の仲を知っていたのである。

「何か知れたのか」

源九郎が、声をあらためて訊いた。

「へい、喜田の家が知れやした」

孫六が低い声で言った。腕利きの岡っ引きらしい鋭い目をしている。

孫六と茂次が話したことによると。喜田の屋敷は御徒町通りにある小体《こてい》な武家屋敷で、家禄は八十石だという。

「よく分かったな」

「ちょうど、喜田の屋敷から出てきた助八《すけはち》ってえ下働きの男に、話を聞いたんでさァ」

「それで、喜田は屋敷にいたのか」

「いやせん。三年ほど前に屋敷を出たきり、顔を見せないそうで」

「うむ……」

それでは、屋敷をつきとめても役にたたない。

「すると、喜田の居所は分からないのだな」

源九郎が訊いた。

「へい、ですが、助八の話だと、喜田は柳橋界隈《かいわい》によく出かけるそうですぜ」

孫六に代わって、茂次が言った。

助八は、半年ほど前、偶然柳橋のたもとで喜田と顔を合わせたそうだ。そのとき、喜田は色白の年増を連れていて、この辺りは、おれの縄張《しま》だよ、と笑いながら言ったという。

「柳橋界隈に、住んでいるのかもしれんな。……その年増もいっしょではあるまいか」

そのとき、お吟が身を乗り出すようにして、

「ねえ、旦那、あたしに手伝わせてくださいな」

と、目をひからせて言った。

「お吟、何をするつもりだ」

「柳橋界隈に住んでるなら、きっと料理屋にも出入りしてますよ。いっしょにいた女《ひと》も、料理屋にかかわりがあるはずです。……あたし、柳橋の料理屋に知り合いがいるから、訊いてみますよ」

「うむ……」

お吟が、源九郎たちがかかわった事件の探索に手を貸してくれたことは、これまでもあった。料理屋や料理茶屋などにいる知り合いに訊くだけでなく、目星をつけた料理屋に女中としてもぐり込んで探ったりしたのだ。

「ねえ、あたし、旦那たちの役に立ちたいんだよ」

お吟が、甘えるような声で言った。

「お吟に、頼むか」

知り合いに訊くだけなら、大事にはならないだろう。それに、浜乃屋に出かける口実にもなる。

「あたし、ときどき長屋に知らせに来るからね」

お吟が、源九郎に身を寄せてささやいた。

「そうしてくれ」

源九郎は目を細めて言ったが、お吟は事件の探索を口実に、室井に逢いにくるつもりかもしれない、との思いが胸をよぎった。

四

「華町の旦那、いやすか！」

戸口の腰高障子が荒々しくあいた。

飛び込んできたのは、茂次だった。源九郎は、座敷で茶を飲んでいた。久し振りに夕餉《ゆうげ》の後、茶を淹《い》れて飲んでいたのである。

「どうした、茂次？」

「殺《や》られた、安森の旦那が！」

「なに、安森どのが殺されたと」

「へい」

「どこだ！」

源九郎は、座敷の隅に置いてあった刀をつかんで立ち上がった。

「柳原通りの和泉橋の近くでさァ」

和泉橋は、神田川にかかる橋である。

「菅井と室井どのに、知らせてくれ」

言い置いて、源九郎は戸口から飛び出した。

茂次もすぐに戸口から出て、菅井の家へ走った。

源九郎は小走りに竪川沿いの通りに出ると、大川の方へむかった。そして、両国橋を渡っているとき、後から走ってきた菅井が追いついた。菅井の背後に、茂次、室井、枝島の三人の姿があった。茂次が、室井たちにも話したらしい。

源九郎たち五人は賑やかな両国広小路を抜け、浅草御門の前を過ぎて柳原通りに出た。その通りを筋違御門の方へむかえば、和泉橋の近くに出られる。

柳原通りは、淡い夕闇に染まっていた。ぽつぽつと人影はあったが、ひっそりしていた。風があり、土手に植えられた柳の枝がサワサワと揺れている。

神田川にかかる新シ橋のたもとを過ぎてしばらく行くと、前方に和泉橋が見えてきた。

「あそこですぜ」

茂次が前方を指差して言った。

路傍の叢《くさむら》のなかに、人だかりができていた。仕事帰りの職人や大工、遊び人ふうの男などが目についたが、岡っ引きらしい男の姿もあった。

「どいてくれ！」

茂次が声をかけると、男たちが身を引いて道をあけた。

見ると、羽織袴姿の武士が、叢に俯《うつぶ》せに倒れていた。安森らしい。安森は右手に大刀を握っていた。何者かと斬り合ったようだ。

源九郎たちは、安森のまわりに集まった。叢にどす黒い血が散っている。

「頭を斬られている！」

源九郎は、俯せに倒れている安森の頭頂が血に染まっているのを見た。

「仰向けにしてみよう」

源九郎は菅井と茂次に頼み、三人で安森の死体を仰向けにした。

「こ、これは！」

源九郎は、息を呑んだ。

凄絶《せいぜつ》な死体だった。真っ向を割られている。額から鼻筋にかけて斬り割られ、ひらいた傷口から、砕けた頭骨が白く覗いていた。顔がどす黒い血に染まり、カッと瞠《みひら》いた両眼が飛び出したように見える。

「眉間を一太刀か！」

菅井も昂った声で言った。

「何者が、安森を斬ったのだ……」

室井の顔は蒼ざめ、声が震えを帯びていた。

「大槻かもしれんぞ」

源九郎は、大槻が霞上段から真っ向へ斬り込んだのではないかとみた。上段からの強い斬撃なら、頭蓋を砕くほどの一撃を生むはずである。

「す、すると、喜田や大槻たちが、ここで安森を襲ったのか」

室井の声は震えていた。顔がこわばっている。

「そうみていいな」

喜田たちは、安森が本郷の室井家からはぐれ長屋にむかうのを知って通り道である柳原通りで待ち伏せたのではあるまいか。

「喜田たちは、先に室井どのを守っているおれたちをひとりひとり始末する気ではないのか」

菅井が顔をけわしくして言った。

「そうかもしれんが……」

源九郎は、それだけではないような気がした。室井を始末するだけなら、無理をしても直接室井を狙った方が早いはずだ。

「いずれにしろ、安森をこのままにしておけん」

枝島が悲痛な顔をして言った。

「夜が明ければ、ここは賑やかになる。その前に、死体をかたづけた方がいい」

「暗くなる前に屋敷まで運びたいが……。近くに辻駕籠《かご》はないかな」

枝島が訊いた。

「橋を渡った先に、駕籠富《かごとみ》がありやすぜ」

茂次が言った。研師として江戸の町をまわっているせいもあって、茂次は町筋のことに明るかった。

「茂次、駕籠を一挺、呼んできてくれんか。……酒代をはずめば、亡骸《ほとけ》を運んでくれるだろう」

源九郎が頼むと、茂次はすぐに駆けだした。

しばらく待つと、茂次が駕籠を連れてもどってきた。駕籠かきは、ふたりともがっちりした体軀《たいく》の男だった。駕籠のなかには筵《むしろ》が敷いてあった。茂次が、死体を運ぶことを話して用意したのだろう。

「これは、酒代だ」

源九郎は、ふたりの駕籠かきに一分ずつ手渡した。

「ありがてえ！　どこへでも、運びやすぜ」

先棒を担いでいた赤銅色《しやくどういろ》の肌をした男が、声を上げた。

源九郎たちは、安森の亡骸《なきがら》を駕籠に載せた。室井と枝島は、ふたりだけで本郷の屋敷までついて行くと言ったが、源九郎と菅井も同行することにした。

駕籠について、室井と枝島だけで人気のない夕暮れ時の道を本郷まで行くのは危険である。近くに喜田や大槻が身をひそめていれば、室井を仕留める絶好の機会になるだろう。

源九郎たちは、安森の亡骸を載せた駕籠の後について本郷へむかった。

「華町、どうも、おれたちは後手にまわっているな」

歩きながら、菅井が渋い顔をして言った。

「そうだな」

「先手をとらねば、さらに犠牲者が出るぞ」

「うむ……」

菅井の言うとおりだと思った。喜田たちは、さらに室井や源九郎たちの命を狙ってくるだろう。

「一味のひとりでもいいから、捕らえたいな」

仲間たちの居所を吐かせれば、こちらからも攻められる、と菅井が言った。

「それが、なかなかつかめないのだ」

孫六たちの他に、お吟にまで手を借りることになったが、喜田たちの居所をつかむのは容易ではない。

「華町、おれたちもやるか」

菅井が声を大きくして言った。

「長屋を出て探るのか」

「そうだ。おれたちを長屋に閉じ込めておくことも、やつらの狙いかもしれんぞ」

「わしもそんな気がする。……よし、あしたから、わしたちも長屋を出て一味の居所を探るか」

「将棋は、しばらく我慢せねばならんな」

菅井が顔をひきしめて言った。

五

「まだ、朝稽古がつづいているようだな」

菅井が、黒沢道場に目をやりながら言った。

源九郎と菅井は、神田平永町に来ていた。喜田と大槻のことを知るには、黒沢道場の門弟から話を訊くのが早いとみたのである。道場主の黒沢に直接当たることも考えたが、黒沢が喜田や大槻とつながっていれば、こちらの動きを喜田たちに知らせることになるので、それとなく門弟に当たることにしたのだ。

道場から、竹刀を打ち合う音、気合、床を踏む音などが聞こえてきた。防具を身につけ、竹刀で打ち合っているらしい。

「稽古が終わるのを待つしかないな」

五ツ半（午前九時）にちかいので、そろそろ朝稽古は終わるはずである。

源九郎たちが路地の隅に立ってしばらく待つと、稽古の音が聞こえなくなった。それからいっときして道場の戸口から、ひとり、ふたりと門弟が出てきた。

「来たぞ」

菅井が、こちらに歩いてくる門弟を見て身を乗り出した。

「若いのは駄目だ。年配がいい」

源九郎は、喜田や大槻のことを知っているのは、年配の門弟だろうと思った。

源九郎たちは、十人ほどの門弟をやり過ごした。なかなか、話の聞けそうな門弟は出てこない。

「あの男は、どうだ」

菅井が、道場の戸口を指差して言った。

三十代半ばと思われる武士だった。羽織袴姿で、二刀を帯びている。剣袋や防具などは、持っていなかった。門弟かどうか分からない。

「訊いてみるか」

道場から出てきたので、門弟でなくとも喜田や大槻のことを知っているかもしれない。

源九郎は武士に近付くと、

「しばし、お尋ねしたいことがござる」と、声をかけた。

武士は足をとめ、源九郎と菅井に訝《いぶか》しそうな目をむけた。ただ、菅井は源九郎から五、六間離れて立っていたので、連れ合いとは思わなかったかもしれない。

「何ですか」

「いま、黒沢道場から出てきたのを目にしましたが、ご門弟でござろうか」

源九郎が、おだやかな声で訊いた。

「そうだが……」

「道場のご門弟のことで、お聞きしたいことがござってな。……手間をとらせるわけにはいきませんので、歩きながらで結構でござる」

そう言って、源九郎は先にたって歩きだした。

武士は無言のまま歩きだした。菅井は、源九郎たちから大きく間をとってついてくる。この場は源九郎にまかせる気らしい。

源九郎は喜田の名を出し、この前と同じように助けられた話をしてから、

「喜田どのに礼をしたいのだが、どこにお住まいなのか分からないのでござる。……ご存じだったら、教えていただけまいか」

と、もっともらしく話した。

「喜田どのは御徒町の屋敷を出られて久しいが……。一度、柳原通りで顔を合わせたとき、柳橋に住んでいると言ってました」

「柳橋のどこですかな」

柳橋らしいことは分かっていたが、柳橋だけでは探すのがむずかしい。

「そこまでは、聞かなかったな。いっしょにいた菊池どのが、借家らしいことを口にしていたが……」

「いま、菊池どのと言われましたな」

思わず、源九郎は声を大きくした。

「言いましたが」

武士は驚いたような顔をして源九郎を見た。

「もしや、菊池源内どのではござらぬか」

「そうだが……」

「菊池どのは、黒沢道場をやめて久しいと聞いているが、いまも、黒沢道場に行かれることがあるのか」

さらに、源九郎が訊いた。

「ちかごろ、菊池どのが道場にみえることはないが、喜田どのとは親しくしているらしいな。……そこもとは、菊池どのを知っておられるのか」

武士は、訝しそうな目で源九郎を見た。

「それがし、何年も前のことだが、菊池どのに世話になったことがありましてな。……久しく菊池どのにも、お会いしてないのでござる」

世話になったことなどないが、源九郎はそう言ったのである。

「そうですか」

武士は納得したようだった。

「ところで、大槻泉九郎どのをご存じか」

源九郎は、話を大槻に移した。

「知っていますが……」

武士が眉を寄せた。大槻のことをよく思っていないらしい。

「実は、それがしが喜田どのに助けていただいたとき、大槻どのもいっしょだったのでござる。後で噂を耳にしたのだが、大槻どのも黒沢道場におられたようですな」

「いましたが、門弟ではござらぬ。……食客として、半年ほどいただけです」

武士は、不興そうに言って足を速めた。

「大槻どののお住居は、ご存じですかな」

かまわず、源九郎は訊いた。

「知りません。……それがし、急いでおりますので」

武士はそう言うと、小走りに源九郎から離れていった。

源九郎は路傍に足をとめ、菅井が近付くのを待って、

「菅井、すこし見えてきたぞ」

と、低い声で言った。源九郎の双眸が、鋭いひかりを宿している。

「何が見えてきたのだ」

菅井が訊いた。

「どうやら、菊池もかかわっているようだ」

「室井家に、後妻ではいったおせいの親だな」

菅井が目をひからせた。

「そうだ」

「となると、菊池が背後で糸を引いて室井の命を狙っているのかもしれんぞ」

「わしもそんな気がするが……」

菊池が、室井家の家督相続に対して思惑を持っていて室井の命を狙うとすれば、おせいの娘の幸江に室井家を継がせることであろう。

……まだ、決め付けることはできぬ。

源九郎は、胸の内でつぶやいた。

六

孫六は平太を連れて、神田川沿いの道を歩いていた。そこは駿河台で、通りの左手には武家屋敷がつづいている。

ふたりは、源九郎から菊池家の評判を聞き込んでくれと頼まれ、駿河台に来ていたのである。

「親分、あれが太田姫稲荷《おおたひめいなり》ですぜ」

平太が川沿いに見えた稲荷の赤い鳥居を指差して言った。その稲荷は、太田姫稲荷と呼ばれている。

平太は栄造の下っ引きをしていることもあり、岡っ引きだった孫六のことを親分と呼んでいた。

孫六たちは室井から、菊池の屋敷は、太田姫稲荷から二町ほど行った先の左手に入る路地沿いにある、と聞いていたのだ。

ふたりは稲荷の前を通り過ぎ、二町ほど歩いてから左手の路地に入った。路地沿いには、旗本屋敷がつづいていた。大身の旗本屋敷が多く、豪壮な長屋門が目についた。町人の姿はすくなく、供連れの武士や旗本屋敷に奉公する中間《ちゅうげん》などが多かった。

孫六は路地に入って一町ほど歩くと、二百石ほどの旗本が住んでいると思われる屋敷を目にとめた。片番所付の長屋門だが、門番はいないようだった。脇のくぐり戸があいたままになっている。

孫六と平太は路傍に足をとめた。通りすがりの者に訊いて、菊池の屋敷かどうか確かめてみようと思ったのだ。

「親分、あの植木屋はどうです」

平太が路地の先を指差した。

印半纏《しるしばんてん》に黒股引姿の植木屋らしい男がふたり、こちらに歩いてくる。ひとりは梯子《はしご》を担いでいた。近くの屋敷に仕事に来たのかもしれない。

「ちょいと、すまねえ」

孫六が、呼びとめた。

「おれたちかい」

ふたりは足をとめ、孫六と平太に顔をむけた。

「そこのお屋敷は、菊池さまかい」

すぐに、孫六が訊いた。屋敷の主が分かればいいのである。

「そうだよ」

植木屋は答えた後、ふたりで顔を見合わせ不審そうな顔をしたが、何も言わずに孫六たちから離れていった。

「平太、これからが辛抱だぜ」

孫六はそう言って、路傍に植えられた松の陰に平太を連れていった。そこで、菊池の屋敷から話の聞けそうな者が出てくるのを待つつもりだった。

陽は西の空にまわりかけていた。八ツ（午後二時）ごろではあるまいか。晩春の強い陽射しが路地を照らしている。

一刻（二時間）ほど過ぎた。陽は西の空に傾き、松の樹影が路地を横切って旗本屋敷の先まで長く伸びている。

「親分、だれも出てこねえ」

平太が欠伸《あくび》を嚙み殺しながら言った。話の聞けそうな者はおろか、菊池の屋敷からはだれも出てこなかった。

「御用聞きはな、何より辛抱が大事《でえじ》なのよ」

孫六は親分らしい物言いをしたが、うんざりした顔をしている。

それから小半刻(三十分)ほどしたとき、菊池の屋敷の斜向《はす》かいにある旗本屋敷のくぐり門から中間が、ふたり出てきた。

「別の屋敷じゃァ、しょうがねえ」

そう言って、平太が両腕を突き上げて伸びをしたとき、

「あいつらに訊いてみるか」

孫六が言って、松の樹陰から路地に出た。平太は、慌ててついてきた。

孫六はふたりに近付くと、

「ちょいと、お聞きしやすが」

と、声をかけた。平太は後ろに立っている。

「おめえは?」

浅黒い顔をした三十がらみの男が、うさん臭そうな目で孫六を見た。もうひとりは、小鼻の張った丸顔の男だった。

「六助《ろくすけ》といいやす。後ろの若いやつは、孫平《まごへい》で――」

孫六は、咄嗟《とっさ》に頭に浮かんだ偽名を口にした。

「何の用だい」

浅黒い顔の男がゆっくりと歩きだすと、丸顔の男も後についてきた。

「そこに、菊池さまのお屋敷がありやすね」

孫六が、歩きながら屋敷を指差した。

「あるよ、それがどうかしたのかい」

「へい、あっしらふたりは、口入れ屋で菊池さまのお屋敷にご奉公したらどうかと勧められやしてね。様子を見に来たんだが、中間をふたりも雇うようなお屋敷には見えねえんでさァ」

孫六は、適当な作り話をした。

「菊池さまに、奉公するのか」

浅黒い顔の男が、驚いたように言った。もうひとりは、口許に薄笑いを浮かべている。

「まだ、決まったわけじゃァねえんで――。ところで、やけにひっそりしてやすが、菊池さまは、お屋敷においでになるんですかい」

孫六が訊いた。

「いるには、いるがな。あまり屋敷に、寄り付かねえようだぜ」

浅黒い男の顔にも、揶揄《やゆ》するような笑いが浮いた。

「どういうことで？」

「夜な夜な柳橋や浅草寺界隈に出かけて、楽しんでいるらしいや」

「酒ですかい」

「それに、女もな。……おれも、あやかりてえ」

浅黒い男が言うと、もうひとりが、ヘッへへ……と下卑た笑いを洩《も》らした。

「ひとりで、遊び歩いてるんですかい」

孫六が、さらに水をむけた。

「それがな、悪い仲間がいるらしいんだ」

浅黒い顔の男が言うと、

「だいぶ前のことだが、菊池さまは剣術道場に通っていてな。そのころ知り合った仲間らしいや」

もうひとりの丸顔の男が、脇から口をはさんだ。

「剣術道場の仲間ですかい」

孫六は黒沢道場だろうと思った。仲間は喜田や大槻であろう。

「あっしは、菊池さまの御息女が、大身の旗本に輿入《こしい》れしたと聞いてるんですがね」

孫六は、室井家とのかかわりも聞き出そうとした。

「それも、ずいぶん前の話だぜ。……本郷にある室井さまの後添いらしいや。なんでも、十四、五になる女のお子がいるようだぜ」

「室井さまから、菊池家に合力があるんじゃァねえかな」

孫六がそれとなく訊いた。

「合力はねえはずだ。娘の輿入れ先から、合力をもらったんじゃァ親としての顔がたつめえ」

「そうだが……。室井さまと何か揉《も》めてるような話は聞いてねえかい」

さらに、孫六が訊いた。

「聞いてねえよ」

浅黒い顔の男が、素っ気なく言った。

そんなやり取りをしている間に、孫六たちは神田川沿いの通りに出ていた。

孫六が口をつぐんでいると、

「おめえたち、菊池さまのお屋敷に奉公するのはやめときな。……この先、どうなるか分からねえぜ」

浅黒い顔の男がそう言い置き、ふたりは足を速めて孫六たちから離れていった。

孫六と平太は路傍に足をとめて、ふたりの姿が遠ざかっていくのを見ていたが、

「平太、おれたちも帰るか」

孫六がつぶやくように言って、歩きだした。

「へい」

孫六と平太は、神田川沿いの道を川下にむかって歩いた。

その夜、孫六と平太は源九郎の家に顔をだした。本郷で聞き込んだことを源九郎の耳に入れておこうと思ったのである。

「旦那、菊池はだいぶ遊び歩いてるようですぜ」

そう前置きして、孫六は菊池が柳橋や浅草寺界隈に頻繁に出かけているらしいことを話し、

「女もいるようでさァ」

と、言い添えた。

「菊池は、柳橋あたりに妾《おんな》を囲っているのかもしれんな」

妾はともかく、菊池は旗本の当主らしからぬ放蕩《ほうとう》な暮らしをしているようだ。

「それに、黒沢道場の連中とつながっているようですぜ」

「喜田や大槻だな」

「菊池も喜田たちの仲間にちげえねえ」

孫六が声を大きくして言った。

「それも、黒幕とみていい」

源九郎は、喜田や大槻を陰で動かしているのは菊池だろうと思った。

第四章　許婚《いいなずけ》

一

軒先から落ちる雨垂れの音が、ポトポトと絶え間なく聞こえている。薄暗い部屋のなかで、ときどき菅井の低い唸《うな》り声がした。はぐれ長屋の源九郎の家である。源九郎と菅井は、将棋を指していた。

今日は朝から雨だったので、さっそく菅井が握りめしと将棋盤を持って源九郎の部屋にやってきたのだ。

「菅井、この勝負で終わりだぞ」

源九郎が生欠伸《なまあくび》を噛み殺しながら言った。

すでに、源九郎と菅井は二局終え、一勝一敗だった。いま、三局目だが、形勢は源九郎にかたむいていた。勝負が終わる前に決めておかなければ、菅井が負けた場合、もう一局と言い出して聞かないはずだ。

「うむ……」

菅井は将棋盤を睨んだまま返事もしない。

「いいな、これで、終わりだぞ」

源九郎が念を押すように言った。

「華町、この勝負でやめる気なら、この角打ちは、待ってもらうぞ」

菅井が当然のような顔をして言った。

「なに、角を待てと！」

源九郎の角打ちは、王手金取りの妙手だった。金が手に入れば、さらに王を追いつめることができる。

「そうだ。……この角打ちを待つか、それとも、もう一局やるか。華町の好きな方を選んでいい」

「な、なに」

源九郎はあきれて言葉につまり、いっとき渋い顔をして将棋盤に目をやっていると、

「そうか、もう一局やる気だな。……ならば、王を逃がすか」

菅井は、王を後ろに下げた。菅井には、それしか手はないのである。

「なんというやつだ」

源九郎は、角で金をとった。

そのとき、泥濘《ぬかるみ》を下駄で歩く音が聞こえた。腰高障子の方へ近付いてくる。

下駄の音は腰高障子の向こうでとまり、

「華町の旦那、いますか」

と、女の声が聞こえた。お吟である。

「いるぞ、入ってくれ」

源九郎が声をかけると、腰高障子があいた。

お吟は、すぼめた傘を手にして土間へ入ってくると、座敷に目をやり、

「あら、将棋なの」

そう言って、傘を土間の隅に置いて座敷に上がってきた。

お吟は源九郎の脇に座り、将棋盤を覗き込みながら、

「どっちが勝ってるの」

と、訊《き》いた。お吟は将棋を指したことがないので、どちらが優勢なのか分から

ないのだろう。

「いま、互角だ」

すぐに、菅井が言った。

……勝手なことを言いおって！

源九郎は、あと、十手ほどで詰むとみていたが、何も言わなかった。お吟の前で、言い合うようなことではない。

「それより、お吟、何か話があってきたのではないのか」

「そうそう、旦那から聞いていた喜田というお侍の居所が知れたんですよ」

お吟が言った。

「なに、知れたか」

思わず、源九郎が声を上げた。

「茅町《かやちよう》の借家にいるらしいの。いい女《ひと》といっしょにね」

お吟が、源九郎の膝の上に手を載せて言った。

かすかに、脂粉の匂いがした。とたんに、源九郎は鼻の下を伸ばして、

「お吟、よく分かったな」

と言って、膝の上のお吟の手に自分の手を載せた。

「おい、華町！」

菅井が、声を上げた。

「な、なんだ……」

「おまえの番だ、おまえの！」

菅井が苦々しい顔をした。

「そうだったな」

源九郎は膝の上の手をひっ込め、金を王の前に打った。

「なんだ、この手は！」

菅井が目を剝《む》いた。

「王手ではないか」

「王でとれば、それまでではないか！　華町、おまえ、いい加減に指しているな」

菅井が顔に怒りの色を浮かべた。

「そ、そんなことはない」

菅井の言うとおり、源九郎は次の手も考えずに適当に指していた。

「ええい！　やめだ。……やってられん」

言いざま、菅井は将棋番の駒を掻《か》き混ぜてしまった。

「ねえ、菅井の旦那」

お吟が菅井に膝を寄せて言った。

「な、なんだ」

「将棋もいいけど、この後どうするのか考えてよ」

「……」

菅井は戸惑うような顔をして、源九郎に目をむけた。

「お吟の言うとおりだぞ。お吟のお蔭で、喜田の居所が分かったのだから、次の手を打たねばな」

「喜田を斬るのか」

菅井が顔をひきしめて言った。

「それも手だが、いま喜田を斬れば、せっかくつかんだ糸が切れる。……どうだ、喜田をすこし泳がせて、大槻や他の仲間の居所をつかんだら」

「それがいいな」

菅井は、すぐに承知した。

「張り込みは、孫六や茂次に頼もう」

源九郎と菅井は喜田や大槻に顔を知られているので、張り込みは無理だろう。

「あたしは、どうしたらいいの」

お吟が、源九郎と菅井に目をやって訊いた。

「お吟は、しばらく浜乃屋の商売に専念してくれ。近いうちに、また手を貸してもらうことになるかもしれん」

「ねえ、様子を訊きに、長屋に来てもいい」

お吟が不服そうな顔をして言った。

「いつでも来てくれ」

源九郎は、様子を訊きに来るだけなら、いつでもかまわないと思った。

「室井さまに、喜田というお侍の居所が知れたことを話さなくてもいいの」

お吟が、源九郎を上目遣いに見ながら訊いた。

「室井にも話しておこう」

「あたしも、行く」

お吟は、すぐに腰を上げた。

「なに、いま行くのか」

源九郎は、お吟が帰ってから行くつもりだったが、お吟はその気になっている。お吟の魂胆は、室井に逢うことにあったらしい。

菅井はニヤニヤしながら、源九郎の戸惑う顔を見ている。

二

「華町の旦那、あの家じゃァねえかな」

孫六が、路地の左手にある仕舞屋《しもたや》を指差して言った。板塀でかこわれた妾宅ふうの家である。

源九郎は孫六と平太を連れて、浅草茅町二丁目に来ていた。源九郎は、お吟から喜田の住居《すまい》がどこにあるか聞いていた。奥州街道沿いに松田屋《まつだや》という米問屋があり、その店の脇の路地に入って二町ほどのところだという。

源九郎はふだんの恰好《かっこう》とはちがう袖無しに軽衫《カルサン》姿で、菅笠で顔を隠していた。源九郎と知れないように身を変えたのである。

「あれだな。近くに、それらしい家はないからな」

路地沿いには、小店や長屋などがあったが、借家らしい家は他になかった。

「ちょいと、話を聞いてみやすよ」

孫六は、待っていてくだせえ、と言い残し、近くにあった八百屋に入った。

源九郎と平太は、路地の端に身を寄せて孫六がもどるのを待った。いっときすると、孫六が小走りにもどってきた。

「旦那、知れやしたぜ」

すぐに、孫六が言った。

「喜田の家か」

「へい、お仙《せん》といういう女といっしょだそうでさァ」

孫六が、八百屋の親爺に聞いたことを話した。仕舞屋は借家で、一年ほど前から喜田という名の武士が、妾《めかけ》らしい年増《としま》を囲うようになったという。

「さて、どうするか」

張り込みは孫六と平太にまかせるつもりだったが、このまま帰るのは惜しいような気がした。

「手分けして聞き込んでみるか」

源九郎は、喜田の妾宅に仲間が出入りしていれば、仲間のことも知れるのではないかと思った。

「へい」

「喜田に気付かれないように、すこし離れたところで聞き込んでくれ」

仕舞屋に喜田がいて、聞き込んでいる孫六たちの姿を目にするかもしれない。

「承知しやした」

源九郎たち三人は、一刻（二時間）ほどしたら路地の入り口のところにもどることにして、その場で別れた。

源九郎は仕舞屋の前を通り過ぎ、一町ほど先にあった下駄屋に立ち寄り、店の親爺らしい年配の男に話を聞いてみた。親爺は喜田の名は知らなかったが、お仙のことは知っていた。

お仙は、柳橋の福松屋《ふくまつや》という料理屋で座敷女中をしていたという。おそらく、喜田は福松屋を贔屓《ひいき》にしていて、そこでお仙と知り合い、囲うようになったのだろう。

親爺によると、半年ほど前まで、喜田はあまり姿を見せなかったが、ちかごろは頻繁に来るようになったそうだ。

……妾宅か。

とすれば、喜田の家は別にあるはずである。

お吟は、源九郎に喜田の妾宅をどうやってつきとめたか話さなかったが、お仙の噂を聞いて福松屋に当たったのかもしれない。

「つかぬことを訊くが、あの家に別の武士が出入りするのを見かけたことはないかな」

源九郎が訊いた。

「見ましたよ」

親爺は、すぐに答えた。

「どんな男だ」

「背の高いお侍でした」

親爺によると、武士は羽織袴姿で二刀を帯びていたという。

「背の高い侍か――」

源九郎は、浜乃屋の前で菅井と立ち合った長身の武士かもしれないと思ったが、長身というだけで決め付けるわけにはいかない。

「その侍の他に、来る者はいないか」

「町人は、何度か見かけましたよ」

その男は、遊び人ふうだったという。

「痩せた男で、狐のような顔をしていなかったか」

源九郎は、浜乃屋の前で目にした町人を思い浮かべて訊いてみた。

「その男ですよ」

「男の名は、分かるか」

「名は分かりませんねえ」

親爺は首をひねりながら言うと、店先の台に並べられた木履《ぽっくり》を手にして鼻緒の付き具合をみたり並べ替えたりし始めた。いつまでも、源九郎の相手をしているわけにはいかないと思ったようだ。

「邪魔したな」

源九郎は下駄屋から離れた。

それから、源九郎は路地沿いの店に三軒立ち寄り、喜田や仕舞屋に出入りする者のことを訊いたが、新たなことは分からなかった。

源九郎は、陽が西の空にまわったのを見て一刻ほど経ったと判断し、路地の入り口にむかった。路傍で、孫六と平太が待っていた。

「どうだ、そばでも食いながら話すか」

源九郎はだいぶ歩きまわって疲れたし、腹も空いていた。孫六と平太も、同じであろう。

「ありがてえ、腹がへっちまって」

平太が嬉しそうな顔をした。

三人は路地から表通りに出てすこし歩き、そば屋をみつけて入った。源九郎が店の小女に座敷はあるかと訊くと、奥に小座敷があるという。

源九郎たち三人は小座敷に腰を下ろすと、そばと酒を頼んだ、喉が乾いていたので、酔わない程度に飲むつもりだった。平太も、ちかごろ酒を飲むようになったが、まだ付き合い程度である。

「ヘッへへ……。酒がありゃァ、言うこたァねえ」

孫六が目尻を下げて言った。

注文した酒がとどき、三人が喉を潤したところで、まず源九郎が聞き込んだことを話した。

孫六は、源九郎から痩身の町人が喜田の妾宅に出入りしていることを聞くと、

「そいつは、源次《げんじ》ですぜ」

と、身を乗り出して言った。

孫六によると、話を聞いた飲み屋の親爺が、源次という遊び人が妾宅に出入りしていることを話したという。

「源次という男の塒《ねぐら》は、分かるか」

「塒は分からねえが、親爺の話だと、源次は浅草を縄張にしているようでさァ。聞き込めば、つかめやすぜ」

孫六が目をひからせて言うと、

「あっしも、源次のことは聞きやした。……話を聞いた足袋屋のあるじが、浅草寺界隈《かいわい》で、何度か見かけたことがあると言ってやした」

平太が、脇から口をはさんだ。

「ふたりに、源次の塒をつきとめてもらうか」

源九郎が言った。

源次の他に、新たに分かったことはなかった。源九郎たち三人は酒を飲み終え、そばを平らげてから店を出た。

いつのまにか陽が沈み、路地は淡い夕闇につつまれていた。

三

孫六と平太は、浅草黒船町《くろふねちよう》に来ていた。大川端沿いの通りから、裏路地に一町ほど入ったところだった。すぐ前に、長屋につづく路地木戸がある。

「ここが、長兵衛店《ちようべえだな》だぜ」

孫六が小声で言った。

孫六たちは浅草寺界隈を縄張にしている地まわりや遊び人などにあたり、源次の塒は黒船町にある長兵衛店だと聞いて、来ていたのだ。

「入《へえ》ってみやすか」

平太が緊張した顔で言った。

「その前に、様子を聞いてみよう」

孫六は路地に目をやった。

路地木戸の斜前《はすまえ》に八百屋があり、店先の台に青菜、大根、牛蒡《ごぼう》などが並んでいた。店のなかに、あるじらしい男の姿があった。

「親爺に、話を訊いてみるか」

孫六は平太を連れて、八百屋に入った。

「いらっしゃい!」

初老の親爺が威勢のいい声をかけた。

「ちょいとすまねえ。訊きてえことがあってな」

孫六が言うと、親爺は掌《てのひら》を返したように渋い顔をした。孫六たちを客ではないとみたようだ。

「そこにある長屋は、長兵衛店だな」

孫六は、親爺を見すえて低い声で訊いた。

「そうでさァ。……親分さんで」

親爺が首をすくめながら訊いた。

「まァ、そうだ」

孫六は、岡っ引きと思わせておいた方が話を聞きやすいとみて否定しなかった。平太は、下っ引きに見えるだろう。

「長屋に、源次ってえやろうがいるな」

孫六が親分らしい物言いで訊いた。

「へい」

「ひとり暮らしか」

「お勝《かつ》ってえ女房がいやす」

親爺によると、お勝は料理屋の女中で夜遅くならないと長屋に帰らないそうだ。

「源次の生業《なりわい》は？」

「それが、いつもぶらぶらしてやしてね。何をしてるか分からねえんでさァ」

「長屋から出ねえのかい」

「いえ、いつも陽が沈むころ出かけやすよ。……何をしているのか、夜遅く帰ってくることが多いようでさァ」

親爺が、長屋の者も、源次には寄り付かねえ、と小声で言い添えた。

「邪魔したな」

孫六は親爺に一声かけ、平太を連れて店から出た。それだけ聞けば、十分である。

「親分、長屋に入ってみやすか」

平太が言った。

「それより、源次の面《つら》を拝んでみねえか」

孫六が、西の空に目をやって言った。

七ツ（午後四時）を過ぎているようだ。陽は西の空に沈み始めていた。源次が長屋から出てくるころかもしれない。

「あそこの椿の陰がいいな」

路地沿いに狭い空き地があり、椿が深緑を茂らせていた。樹陰にまわれば、路地から姿は見えないだろう。

孫六と平太は、椿の陰に身を隠した。ところが、源次らしい男は、なかなか姿を見せなかった。すでに、暮れ六ツ（午後六時）を過ぎている。路地沿いの店は表戸をしめて、辺りはひっそりとしていた。

……今日は、出てこねえのか。

孫六は諦め、明日出直そうと思って樹陰から出た。

そのとき、路地木戸から男がひとり出てきた。

「やつだ！」

孫六は慌てて樹陰に身を隠した。

男は痩身で、面長だった。すこし離れているのではっきりしないが、顔が狐に似ているようだ。

「あいつが、源次ですぜ」

平太も、源次と分かったようだ。

源次は棒縞《ぼうじま》の小袖を裾高に尻《しり》っ端折《ぱしょ》りし、両脛をあらわにしていた。その両脛が、淡い夕闇のなかに白く浮き上がったように見えた。

源次は孫六たちの前を通り過ぎ、大川端の方へむかっていく。

「平太、尾《つ》けるぞ」

孫六たちは、椿の陰から路地に出た。

大川端に出た源次は、川上に足をむけた。孫六たちは、通り沿いの店の軒下や川岸の樹陰などに身を隠して跡を尾けていく。足音や物音を気にする必要はなかった。大川の流れの音が、轟々《ごうごう》と耳を聾《ろう》するほどに聞こえていたからである。

大川端には、ぽつぽつと人影があった。居残りで遅くまで仕事をした職人や浅草寺界隈に遊山《ゆさん》に出かける遊び人ふうの男などが、通り過ぎていく。

源次は、通り沿いにあった一膳めし屋に入った。盛っている店らしく、店先の長床几《ながしょうぎ》に腰を下ろして一杯やっている船頭らしい男の姿も見えた。

「親分、どうしやす」

平太が訊いた。

「店に入るわけにはいかねえが、覗いてみるか」

孫六は一膳めし屋に足をむけた。平太は、すこし間をおいてついてくる。

孫六は店の前をゆっくりと歩きながら、なかを覗いてみた。七、八人の男が飯台を前にして酒を飲んだり、めしを食ったりしているのが見えた。

源次の姿は、店の隅にあった。店の親爺らしい男となにやら話している。酒や肴《さかな》を注文しているのだろう。

孫六は店先を通り過ぎ、半町ほどいったところで足をとめた。

後から来た平太が、

「源次はひとりでしたぜ」

と、声をひそめて言った。

「一杯やりに来たようだな」

「店から出てくるまで、張り込みやすか」

「今夜のところは帰《けえ》ろう」

源次は、酒を飲みに来ただけだろう。

孫六は長屋に帰って、今日探ったことを源九郎の耳に入れておこうと思った。

四

「ごくろうだったな。まァ、一杯飲め」

源九郎は、貧乏徳利の酒を孫六の手にした湯飲みについでやった。

はぐれ長屋の源九郎の家だった。源九郎、孫六、菅井、平太の四人がいた。黒船町からもどった孫六たちは、その足で源九郎の家にやってきた。源九郎と菅井が、座敷で貧乏徳利の酒を飲んでいるところだった。

「ヘッへへ……。酒を飲めば、疲れなんてふっ飛んじまいやすぜ」

孫六は、湯飲みの酒をグビグビと喉を鳴らして飲んだ。

源九郎は孫六が湯飲みを口から離して、一息つくのを見てから、

「孫六、酔う前に話せよ」

と、釘を刺した。

「旦那、あっしは、すこしぐれえの酒じゃァ酔いやァしねえ」

そう言ったが、怪しいものである。

「いいから、話せ」

「へい……。あっしと平太とで、源次の住む長屋を確かめやしてね。その後、平太とふたりで源次の後を尾けたんでさァ」

そこまで話すと、孫六は、

「平太、後はおめえから話せ」

と言って、また湯飲みをかたむけた。

「源次は、大川端の一膳めし屋に一杯やりにいったんでさァ」

平太が、それを確かめてから長屋にもどってきたことを一通り話した。

「それで、明日も、源次の住む長屋に張り込みやしょうか」

孫六が湯飲みを手にしたまま訊いた。

「源次を捕らえて、吐かせた方が早いが……。菅井は、どうみる」

源九郎が、菅井に目をむけて訊いた。孫六と平太が張り込みをつづければ、襲われる懸念がある。

「捕らえよう」

菅井が細い目をひからせて言った。

「それで、いつやる」

すぐに、源九郎が言った。

「早い方がいいな。明日は、どうだ」

「いいだろう」

源九郎は、明日の夕暮れ時がいいだろうと思った。

そのとき、孫六が源九郎に目をむけ、

「諏訪町の栄造の手を借りやすか」

と、声を低くして訊いた。

浅草黒船町は、諏訪町の隣町である。諏訪町には、平太の親分であり源九郎たちともかかわりのある岡っ引きの栄造がいた。

「いや、此度《こたび》ばかりは、町方のかかわるような件ではないからな。栄造の手は借りずに、わしらだけでやろう」

源九郎が言うと、孫六も承知した。

源九郎、菅井、孫六、平太、それに茂次と三太郎の六人は、陽が西の空にまわってからはぐれ長屋を出た。源九郎は袖無しに軽衫、菅井は小袖にたっつけ袴姿である。ふたりともふだんとは身装《みなり》を変え、菅笠をかぶって顔を隠していた。喜田たちに気付かれないように用心したのである。

六人は目立たないようにひとりふたりと、別々に長屋の路地木戸をくぐり、竪川沿いの道に出た。両国橋を渡り、浅草御門から奥州街道に出て、黒船町に向かうのである。源九郎と平太が先に歩き、菅井や孫六たちがすこし間をとってついてくる。

源九郎たちは浅草御蔵の前を通り過ぎ、黒船町に入った。

「こっちです」

平太が、右手の路地に入った。

小体《こてい》な店や長屋などがごてごてつづく裏路地を抜け、源九郎たちは大川端に出た。そこで、源九郎と平太は足をとめ、後続の菅井や孫六たちが追いつくのを待った。

「ここから、すぐですぜ」

そう言って、孫六が先にたった。

大川端沿いの道をしばらく歩き、左手の細い路地に入ったところで、孫六が足をとめた。

「長兵衛店は、あの八百屋の前でさァ」

孫六が路地の先を指差して言った。

見ると、八百屋の斜前に長屋につづく路地木戸があった。

「ここで、待っててくだせえ。やつが、いるか、見てきやすぜ」

孫六はそう言い残し、路地木戸の方へ小走りにむかった。

源九郎たちは人目につかないように路地沿いにあった仕舞屋の脇に身を隠して、孫六がもどるのを待った。仕舞屋は空き家らしく表戸がしめてあり、ひとのいる気配がなかった。

いっときすると、孫六がもどってきた。

「いやすぜ、女房もいっしょでさァ」

孫六によると、井戸端にいた長屋の女房に源次の家を訊き、腰高障子の前まで行ってみたという。すると、障子の向こうから、男と女の話し声が聞こえたそうだ。男が、お勝と呼んだので、源次と女房のお勝がいると知れたという。

「踏み込むと、騒ぎが大きくなるな」

源九郎は、女房まで取り押さえるつもりはなかった。

「女房は、料理屋の勤めに出るはずですぜ」

孫六が言った。

「そろそろ、家を出るかもしれんな」

源九郎は頭上に目をやった。陽は西の家並の上にあった。七ツ半（午後五時）にちかいのではあるまいか。

「ここで待とう。……どうせ、長屋に踏み込むのは、陽が沈んでからだ」

菅井が言った。

「あっしと平太で、やつの家を見張りやすよ」

そう言い残し、孫六が平太を連れてその場を離れた。

源九郎たちは、そのまま仕舞屋の脇に身を隠した。それから、小半刻（三十分）もしただろうか。平太が慌てた様子でもどってきた。

「どうした、平太」

源九郎が訊いた。

「お勝が家を出やした」

平太が、路地木戸に目をやりながら、「あの女でさァ」と言って指差した。

年増がひとり、路地木戸から出て、こちらに歩いてくる。ほっそりした色白の女である。

お勝の黒塗りの下駄の音が、しだいに大きくなってきた。

源九郎たちは、仕舞屋の脇に身を隠したままお勝をやりすごした。

それから、しばらくすると暮れ六ツ（午後六時）の鐘の音が鳴った。まだ西の空は茜色《あかねいろ》の夕焼けに染まっていたが、家の軒下や樹陰などには淡い夕闇が忍び寄っている。あちこちから、店屋が表戸をしめる音が聞こえてきた。路地も、人影がほとんど見られなくなった。ときおり、仕事帰りに飲んだらしい男や夜遊びにでも行くらしい若者などが、通りかかるだけである。

「踏み込むか」

ぼそりと、菅井が言った。夕闇のなかで、細い目が蛇《くちなわ》でも思わせるようにうすくひかっている。

「よし」

源九郎と菅井が、路地に出ようとした。

そのとき、平太が、

「親分だ！」

と、声を上げた。

路地木戸を出た孫六が、こちらへ走ってくる。

五

「や、やつが、家から出てきやす！」

孫六が、息を切らせながら言った。

「こっちにくるのか」

源九郎が訊いた。

「分からねえ」

「出てきた！」

平太が、路地木戸に目をやりながら声を上げた。

「こっちにくるぞ！」

瘦身で、遊び人ふうの男が、源九郎たちの方に歩いてくる。源次である。

「やつひとりだ。ここで、捕らえよう」

源九郎が言った。

「よし、おれにまかせろ」

菅井が、刀の柄に手をかけて言った。

源次の足音が、しだいに近付いてきた。源九郎たちは、息をひそめて源次を見つめている。

菅井が抜刀し、刀身を峰に返した。源次を殺さないように、峰打ちで仕留めるつもりなのだ。

源次の姿が、源九郎たちが身をひそめている仕舞屋の近くまで来たとき、菅井が飛び出した。刀を脇構えにとり、腰を低くして源次に迫っていく。獲物に迫る狼のようである。

源次が、ギョッとしたような顔をして足をとめた。凍り付いたように、身を硬くして棒立ちになった。

イヤアッ！

いきなり、菅井が鋭い気合を発し、走りざま刀身を横に払った。一瞬の太刀捌《たちさば》きである。

源次が、グッと喉のつまったような呻《うめ》き声を上げ、上体を前にかしげさせた。

菅井の峰打ちが、源次の腹を強打したのだ。

源次は腹を押さえて、その場でうずくまった。苦しげな呻き声を洩《も》らしている。

「動くと、斬るぞ！」

菅井が、切っ先を源次の首筋につけた。

そこへ、源九郎や孫六たちが駆け付け、源次のまわりに集まった。

「縄をかけろ」

源九郎が言った。

すると、茂次と三太郎が源次の両肩を押さえ、孫六が後ろにまわった。孫六は平太に手伝わせて、源次の両腕を後ろに取ると、手早く細引で縛り上げた。岡っ引きだっただけあって、縄をかけるのも巧みである。

「まだ、すこし早いな。暗くなるまで待とう」

夕闇が路地をつつんでいたが、上空には明るさが残っていて通り沿いの家々や樹木などははっきりと見えた。ここから、はぐれ長屋までの道筋は両国広小路などの賑やかな場所もあるので、暗くなってから通りたかった。

源九郎たちは、源次を仕舞屋の脇に連れ込んで暗くなるのを待った。

源九郎たちが源次を連れていったのは、菅井の家だった。菅井が、おれのところでもいいぞ、と言ったので、使うことにしたのである。

菅井は几帳面《きちようめん》な性格で、男の独り暮らしであったが、部屋のなかは整頓されていた。夜具もきちんと畳んで部屋の隅に置かれ、枕屏風でかこってある。

座敷の隅に行灯《あんどん》が置かれ、源次は座敷のなかほどに座らされた。源九郎たち六人は、源次を取り囲むように立った。

行灯の灯《ひ》に浮かび上がった源次の顔は、激痛と恐怖でゆがんでいた。体を激しく顫《ふる》わせている。

「源次、おまえは、喜田たちの仲間だな」

源九郎が念を押すように訊いた。

「し、知らねえ……」

源次が声を震わせて言った。

「おい、わしらは浜乃屋の前で、おまえが喜田たちといっしょにいるのを見ているのだぞ」

源九郎が言うと、源次は首をすくめて視線を膝先に落としてしまった。

「大槻泉九郎も、おまえたちの仲間だな」

「……」

源次は何も言わなかった。こわばった顔で、身を顫わせている。

「浜乃屋でおまえたちとやりあったときには、武士が三人いた。ひとりは喜田だが、あとのふたりの名は?」

さらに、源九郎が訊いた。

「知らねえ……」

源次は、視線を落としたまま小声で言った。

「背の高い武士がいたが、そやつの名は?」

源九郎は、源次を見すえて訊いた。

「……」

源次は口をとじたままである。

「そやつの名は?」

源九郎が語気を強くして訊いたが、源次は口をひき結んだまま虚空を睨むように見すえていた。

そのとき、菅井がいきなり刀を抜き、源次の首筋に刀身を当てた。

ヒッ、と源次は喉のつまったような悲鳴を上げ、首を伸ばしたまま凍り付いたように身を硬くした。

「しゃべらないなら、おれが首を落とす」

言いざま、菅井が首に当てた刀身をすこし引いた。

ヒヒッ、と源次がかすれた悲鳴を洩らし、さらに首を伸ばした。目尻が裂けるほど目を剝いている。

源次の首筋がうすく裂け、血がタラタラと流れ落ちた。

「しゃべるか！」

菅井が低い声で訊いた。目がつり上がり、行灯の灯に浮かび上がった顔が、赤く爛《ただ》れたように見えた。刹鬼《せっき》を思わせるような凄《すご》みのある顔である。

「しゃ、しゃべる……」

源次は首を伸ばしたまま言った。

源九郎は苦笑いを浮かべ、あらためて源次に訊いた。

「背の高い武士の名は？」

「篠山峰三郎《しのやまみねさぶろう》さまでさァ」

源次が小声で言った。

「篠山は牢人か」

「いまは牢人のようだが、駿河台のお屋敷に、奉公していたことがありやす」

「駿河台だと！　すると、菊池家か」

「へい」

「うむ……」

どうやら、篠山は菊池家の家士だったらしい。やはり、菊池が陰で喜田や篠山を動かしていたようだ。

「もうひとりの武士は」

源九郎が、声をあらためて訊いた。

「山之内兵助《やまのうちひょうすけ》さまで」

「山之内も、菊池家に奉公していたのか」

「ちがいやす。御家人らしいが、いまは家を出ているようで――」

「そうか」

山之内は、御家人の冷や飯食いかもしれない。家を出て長屋か借家に住んでいるのだろう。

「山之内だが、喜田や篠山とどこで知り合ったのだ」

「剣術の道場と言ってやした」

「黒沢道場か！」

「へい」

「そういうことか」

源九郎は、喜田たち一味のつながりが読めた。

黒沢道場の師範代だった喜田、食客だった大槻、門弟の山之内、それに篠山、いずれも道場で結びついたらしい。その四人を陰で動かしているのが、やはり門弟だった菊池のようだ。

門弟とはいえ菊池はかなりの歳なので、いっしょに稽古をしたことはないかもしれない。それでも、道場の外では兄弟子として接していたのだろう。

「源次、喜田たちの居所を知っているな」

源九郎は、喜田、大槻、篠山、山之内の四人の居所を訊いたが、源次が知っていたのは、篠山の住居だけだった。喜田の妾宅はつかんでいたが、住居はまだだったのである。

源次によると、篠山は神田小柳町《こやなぎちよう》の借家に住んでいるという。篠山が繫《つな》ぎ役をしているので、何かあれば篠山から連絡があるそうだ。

源九郎は、源次から篠山の住居のある場所を聞いた後、

「ところで、喜田たちだが、なぜ室井どのの命を狙うのだ」

源次は知らないのではないか、と源九郎は思ったが、念のために訊いてみたのである。

「あっしにはよく分からねえが、喜田の旦那は、室井さまさえ亡くなれば金の心配はいらなくなるし、武士らしい暮らしができるようになる、と言ってやした」

「武士らしい暮らしだと――」

仕官の口でもあるというのだろうか。

室井を殺すことで、喜田に仕官の道がひらけるとは思えない。とすれば、菊池が室井家の相続にかかわって相応の地位を得、喜田も恩恵に浴するということではあるまいか――。やはり、菊池は室井家の相続に関して、室井の命を狙っているようだ。孫娘の幸江に婿を取らせて家を継がせようとしているのかもしれない。

源九郎が黙考していると、脇にいた菅井が、

「おい、源次、おまえ、どこで喜田や大槻たちと知り合ったのだ」

と、訊いた。菅井は、遊び人の源次がどうして一味にくわわったか知りたかったらしい。

「何年か前《めえ》、菊池さまのところで中間《ちゅうげん》をやってたことがあるんでさァ」

「菊池の屋敷に、奉公していたのか」

菅井が、納得したようにうなずいた。源次が、篠山のことをよく知っていたのは、自分も菊池家に奉公していたことがあったからであろう。

源九郎たちの訊問が一通り済んだとき、

「あっしを、帰《けえ》してくれ」

源次が訴えるように言った。

「帰すことはできんな」

帰せば、源次が喜田たちに、源九郎たちに何を訊かれたか話すだろう。篠山は用心して、塒を変えるかもしれない。それに、孫六や茂次たち四人も源九郎たちの仲間と知れて、命を狙われる恐れがでてくる。

「かといって、長屋にとじこめておくことはできんし……」

源九郎が思案していると、

「旦那、あっしが栄造に話してお縄にしてもらいやしょうか。……こいつは、博《ばく》奕《ち》にも手を出してるようでしてね。栄造ならうまくやってくれますァ」

孫六が口をはさんだ。

「栄造に頼むか」

浅草諏訪町に住む栄造は浅草を縄張にしているので、源次のことを知っているだろう。

六

源九郎が井戸端で、手桶に水を汲んでいると、菅井が近寄ってきた。手桶をぶら下げている。菅井も水汲みに来たようだ。

「華町、茂次から聞いているか」

菅井が、手桶を手にしたまま言った。

「喜田のことか」

「そうだ。……茅町で囲っていた妾もいなくなったようだぞ」

「まだ、はっきりしないが、そうかもしれん」

源九郎たちが、源次を捕らえて十日経っていた。この間、茂次や孫六たちが、茅町にある喜田の妾宅を見張っていたのだが、喜田は姿をあらわさなかった。それればかりか、五日前から囲われていたお仙の姿も消えたのだ。

「おれたちが、源次を捕らえて口を割らせたことを気付いたかな」

「うむ……」

それだけでなく、黒沢道場を探っていたことも気付いたのかもしれない。

「お仙をつかまえて、吐かせる手もあったな」

「いずれ知れよう」

篠山の居所は知れたし、菊池が一味の首謀者らしきことも分かった。篠山を捕らえて口を割る手もあるし、菊池の屋敷を見張って、姿をあらわすのを待ってもいい。

源九郎と菅井が井戸端で立ち話をしていると、お熊が足音を忍ばせるようにして近寄ってきた。でっぷり太った樽のようなお熊が、そんな素振りをするとよけい目立つ。

お熊は源九郎たちに身を寄せると、

「旦那たち、知ってるかい」

と、小声で訊いた。

「何のことだ？」

「室井さまのことですよ」

お熊が目を剝いて言った。大きな目玉である。

「室井がどうかしたのか」

「逢引してるようなんですよ」

お熊が、さらに声をひそめた。

「逢引だと。……相手はだれだ」

源九郎の脳裏に、お吟がよぎった。お吟が、ひそかに長屋に来て室井と逢っているのではあるまいか——。

「色白の綺麗な女《ひと》らしいよ」

「まさか、お吟ではあるまいな」

「やだ、旦那、お吟さんは色っぽいけど、すこし薹《とう》が立ってるじゃないの。もっと若い女らしいよ」

「そ、そうか」

源九郎は、複雑な気持ちだった。お吟ではないと知ってほっとした気持ちがあったが、女の年齢などに頓着《とんちゃく》しないお熊にまで薹が立っていると言われ、お吟がかわいそうにも思えたのだ。源九郎の胸の内には、お吟が若い男といっしょになって幸せに暮らしてほしいという気持ちもあったのである。

「お武家さまのお嬢さまらしいよ」

お熊が言った。

「武家のお嬢さまな」

「おいちちゃんやおけいちゃんが、がっかりしてるよ」

「うむ……」

おいちとおけいは、長屋の娘だった。室井に付きまとい、跡を尾けたり家を覗いたりしているようだ。空き地で稽古の様子を見ている長屋の女たちのなかでも、おいちとおけいが一番熱を入れているらしかった。

「ところで、室井はどこで逢引しているのだ」

菅井が憮然《ぶぜん》とした顔で訊いた。

喜田たちに狙われているので、室井には長屋から出ないように釘が刺してあったのだ。

「空き地だよ。剣術の稽古をしているとき、来るようだよ」

お熊によると、ここ十日ほどの間に二度、ふたりが空き地で話しているのを見かけた者がいるという。

「空き地か……」

そういえば、ちかごろ室井が剣術の稽古をしているおり、源九郎は空き地に顔を出していなかった。菅井も同じである。

「旦那たちは、このままでいいのかい」

お熊が、源九郎と菅井の顔を覗くように見て訊いた。

「どうするって、わしらの知ったことではない」

そう言って、源九郎は水の入った手桶を手にした。いつまでも、お熊に付き合って話し込んでいるわけにはいかない。

菅井は、まだ手桶に水を汲んでなかったので、釣瓶《つるべ》に手を伸ばした。

「旦那ァ、冷たいじゃないか。何とかしないと、長屋の娘たちがかわいそうだよ」

お熊が、源九郎の後ろで声を上げた。

……そんなことまで、かまっていられるか。

源九郎は胸の内でどくづいたが、何も言わなかった。

源九郎は手桶の水を水瓶《みずがめ》に移すと、座敷に上がって横になった。八ツ半（午後三時）ごろだった。夕餉《ゆうげ》の支度を始める前、一眠りしようと思ったのである。

源九郎がうつらうつらし始めたとき、戸口の向こうで何人もの下駄の音と女たちの話し声が聞こえた。

源九郎は何事かと思って身を起こしたとき、戸口に近付く足音がし、

「旦那、いやすか」

と、茂次の声が聞こえた。

「入ってくれ」

源九郎が声をかけると、すぐに腰高障子があいて茂次が顔をだした。

「どうした、茂次」

「旦那、室井さまが呼んでやすぜ」

茂次が土間に立って言った。

「室井に何かあったのか」

源九郎は、さきほど聞こえた複数の下駄の音と女たちの話し声が、気になっていたのである。

「船村さまといっしょに、娘さんが来てやしてね。旦那に、来てほしいそうでさァ。菅井の旦那も行ってるはずですぜ」

「だれの娘だ。船村どのの娘御ではあるまい」

源九郎の脳裏に、お熊が話していた室井と逢引しているという娘のことがよぎった。

「若い綺麗な方でしてね。室井の旦那と、何かかかわりがあるようですぜ」

「ともかく行ってみよう」

源九郎は立ち上がると、袴の皺《しわ》をたたいて伸ばした。袴のまま横になっていたので、皺を伸ばしたのである。

室井の住む家の前まで行くと、長屋の女たちが十人ほど集まっていた。娘たちが多かったが、お熊とおまつの顔もあった。女たちは、腰高障子がしめてある戸口からすこし離れて家を取り巻くように集まっていた。心配そうな顔をしている者もいれば、好奇心に目をひからせている者もいる。お熊が話していたおいちとおけいもいて、ふたりは悲壮な顔をして腰高障子を見つめていた。

源九郎と茂次が戸口まで来ると、お熊とおまつが近寄ってきて、

「旦那、来てますよ」

と、お熊が声をひそめて言った。

「だれが来ているのだ」

「室井の旦那が逢引してた、お嬢さまですよ」

お熊が言うと、おまつが、

「旦那、いったいどういう女《ひと》だろうねえ」

と、切羽詰まったような顔をして訊いた。

源九郎は、お熊やおまつまで騒ぐことはあるまい、と思った。

「ともかく、会ってみる。そこをどいてくれ」

源九郎は、腰高障子をあけた。

七

狭い座敷に、大勢集まっていた。奥に室井と船村が座り、室井の脇に武家の娘がひとり身を硬くして座していた。

……美しい娘だ。

と、源九郎は思った。
十六、七であろうか。色白で、鼻筋がとおり、花弁のような形のいいちいさな唇をしていた。男たちに囲まれて座っているせいもあるのか、緊張した面持ちで肌がほんのりと朱に染まっている。

菅井の左手に、枝島と見知らぬ武士が座していた。菅井は、すこし間を置いて室井と対座し、枝島と見知らぬ武士は、船村の脇に控えるように座っている。見知らぬ武士も枝島のように厚い胸をし、座している姿にも隙《すき》がなかった。剣の達者らしい。

「華町どの、そこへ座ってくだされ」

船村が、菅井の右手のあいている場所に手をむけて言った。源九郎のために席をあけておいてくれたらしい。

源九郎は、菅井の右手に腰を下ろした。

「室井どの、そのお方は？」

源九郎は、室井の脇にいる娘に目をむけて訊いた。

「宅間《たくま》家のお春《はる》どのです」

室井が、顔を赤らめて言った。

すると、娘が両手を畳について、

「お春でございます」

と小声で言い、頭を下げた。

源九郎が名乗ると、船村の脇に座していた見知らぬ武士が、室井家に仕える家士の仙石政之助《せんごくまさのすけ》と名乗った。ふたりは、お春と船村の警護のために来たらしい。

初めて顔を合わせた者たちの挨拶が終わると、

「実は、室井さまとお春さまは、この秋にも祝言を挙げられることになっているのだ」

船村が話したことによると、お春は小石川に屋敷のある千石の旗本、宅間喜《き》十郎《じゅうろう》の次女だという。すでに、両家の間では、ふたりをいっしょにさせることで話がついているそうだ。

「それは、それは――。室井どのにそのようなお方が、おいでになるとは存じませんでした。いずれにしろ、御目出度いことでござる」

源九郎は、室井とお春に目をやり、美男、美女の似合いの夫婦だ、と思った。室井が長屋を出て逢引していたのは、お春であろう。

ただ、源九郎には、なぜ船村が警護の者まで同行して、室井の許婚《いいなずけ》のお春を長屋に連れてきたのか分からなかった。お春を源九郎たちに紹介するために、連れてきたのではないはずである。

源九郎が口をとじ、座が沈黙につつまれると、

「華町どのや菅井どのに、お伝えしたいことがあります」

と、船村が声をあらためて言った。

「このところ、殿のご病状がおもわしくなく、すぐにも家督を譲りたいお気持ちになっておられるのです」

船村の顔を憂慮の翳《かげ》がおおった。

室井もお春も、心配そうな顔をしている。

「それで、殿はすぐにも半四郎さまがお屋敷にもどられて家を継がれ、お春さまとごいっしょになって欲しいとおおせられているのです」

「伊賀守さまには、次男の方がおられるはずだが」

源九郎は、室井家には次男の慶次郎がいると聞いていた。室井は慶次郎をさておいて家を継ぐのが嫌で、長屋にとどまっていたのではないのか——。

「それが、慶次郎さまも病状がおもわしくなく、家を継がれるのは無理らしいのです」

船村によると、慶次郎は虚弱体質でもあり、室井家の当主として三千石の家を支えていくのはむずかしいという。

「うむ……」

ただ、源九郎には懸念があった。室井の命を狙っている喜田たちや黒幕と思われる菊池の始末がつかなければ、室井が屋敷に帰っても命を狙われるのではあるまいか。そうはいっても、室井が屋敷に帰るというなら、源九郎たち長屋の者が口をはさむことではない。

「室井どの、どうされるな」

源九郎が室井に訊いた。

室井は、いっとき思案するように虚空に視線をとめていたが、

「わたしは、しばらく長屋にとどまりたい。……わたしの命を狙っている者たちの始末がつかねば、屋敷にもどっても、そやつらのことを恐れながら暮らさねばならない」

室井の声には、静かだが強い意思を感じさせるひびきがあった。

船村は困惑するような顔をしたが、

「半四郎さまが、そう思っておられるなら、われらも従いますし、殿にもしばらくご辛抱いただくよう申し上げておきます」

と、腹をかためたように言った。

次に口をひらく者がなく、座敷は重苦しい沈黙につつまれていた。

そのとき、お春が、

「半四郎さま」

　と言って、室井に顔をむけた。

「わたしを、半四郎さまのおそばに置いてください」

　お春は、思い詰めたような顔をしていた。

「この長屋にか」

　室井が驚いたように訊いた。

「はい」

「しかし……」

　室井は戸惑うような顔をし、集まっている男たちに目をやった。

「半四郎さまのおそばにいられるなら、お春はどのような所でも厭《いと》いませぬ」

　お春が、訴えるように言った。

「……」

　室井はかすかに顔を紅潮させ、源九郎と菅井に目をむけた。自分の一存では、お春が長屋に同居していいか決められないと思ったようだ。

「構わないが、枝島どのはどうされるな」

　源九郎が訊いた。お春が室井の家で暮らすことになれば、警護のために同居している枝島は部屋を出なければならない。いまのところ、長屋にあいている部屋はなかった。かといって、源九郎は枝島に喜田たちの始末がつくまで、長屋にとどまって欲しかった。源九郎には、喜田たちに踏み込まれたとき、菅井とふたりだけでは後れを取るかもしれないという思いがあったのだ。

「どうだ、枝島どのには、おれの家をつかってもらったら」

菅井が、源九郎に目をやって言った。

「菅井は、どうするのだ」

「その間だけ、おれは華町の部屋に引っ越す」

菅井の口元に薄笑いが浮いていた。

……菅井め、わしに将棋の相手をさせる気だな。

源九郎には、菅井の魂胆が読めた。下手をすると、毎晩菅井の将棋の相手をさせられるかもしれない。だが、将棋を理由に、嫌とは言えなかった。

「これで、決まりだ」

菅井が声を大きくして言った。

第五章　長屋の決戦

一

夕陽が西の家並のむこうに沈もうとしていた。空き地は、淡い蜜柑色《みかんいろ》の夕陽につつまれている。

はぐれ長屋の脇の空き地で、男たちの気合がひびいていた。源九郎と室井、それに仙石政之助が木刀で素振りをしている。

仙石は、枝島が菅井の部屋で寝起きすることが決まると、「それなら、それがしも枝島どのといっしょに長屋にとどまります」と言って、枝島とふたりで室井の警護にあたることになったのだ。

菅井と枝島は、空き地に来ていなかった。身のまわりの始末のために、長屋に残っている。

室井の背後に、お春の姿があった。お春は黒塗りの下駄を履き、小袖に紺地の地味な帯をしめていた。長屋の娘たちと変わらないように、身装《みなり》にも気をくばっているようだ。お春は、木刀を振る室井の凜々《りり》しい姿に見入っている。

源九郎の近くに、茂次と平太の姿もあった。ふたりはお春を見たい気もあって、剣術の稽古の見物に来ていたのだ。

空き地の隅に、長屋の娘が三人いた。おいちとおけいの姿はなかった。むろん、お熊もいない。室井がお春と住むようになって、長屋の女たちの室井を見る目が変わったようだ。お春と室井の仲を知って、室井に対する熱が冷めたのだろう。

他に、長屋の男がふたりいた。ひとりは五平《ごへい》という居職《いじょく》の職人で、もうひとりは徳助《とくすけ》という年寄りだった。ふたりは、お春に目をむけていた。長屋の噂を耳にし、お春を見に来たらしい。まさかふたりが、お春に懸想することはあるまいが、お春の顔だけでも見てみたいと思ったのだろう。

源九郎は、素振りをしながら空き地にいる長屋の者たちに目をやり、お吟はお春のことを知ってどう思うか気になった。おそらく、長屋の女たちのように室井に対する熱は冷めるはずである。

源九郎の口許がやわらぎ、木刀の素振りがおろそかになった。気持ちが集中せず、体に力が入らない。仕方なく、源九郎は木刀を下ろした。

近くで木刀を振っていた仙石が木刀を下げ、

「華町どの、どうかされましたか」

と、訊《き》いた。源九郎が急に素振りをやめたからであろう。

「い、いや……、その、少々、疲れてな」

源九郎が顔を赭《あか》く染めて口ごもった。

そのときだった。空き地の隅で、源九郎たちの素振りを眺めていた五平が、

「だれか、来た！」

と叫び、慌てて身を引いた。

徳助と女たちも悲鳴を上げて、後ずさりした。

何人もの武士が、空き地につづく小径《こみち》を走ってくる。いずれも、頭巾《ずきん》で顔を隠していた。路地から空き地に通じる叢《くさむら》を踏み分けただけの小径があった。そこを、五人の武士が疾走してくる。

「喜田たちだ！」

源九郎はすぐに察知した。

「室井さま！」

仙石が、室井の前にまわり込んだ。室井を守る気らしい。喜田たちは間近に迫っていた。長屋へ逃げ帰ることはできない。

源九郎は、仙石とふたりだけでは太刀打ちできないとみてとり、

「茂次、平太、長屋へ走れ！　菅井たちを呼んでくるんだ」

と、叫んだ。

「へい！」

茂次と平太が走りだした。

平太の足は迅《はや》かった。すっとび平太と呼ばれるだけはある。

キャッ！　と悲鳴を上げ、空き地の隅にいたふたりの娘が逃げだした。五平と徳助も、慌てて長屋へ逃げていく。

源九郎は手にしていた木刀を捨て、近くに置いてあった大刀を腰に帯びると、仙石と並んで、室井の前に立った。

室井も、顔をけわしくして刀を手にした。喜田たちと闘うつもりらしい。お春は、室井の後ろに立ったまま身を顫《ふる》わせている。

そこへ、喜田たちがばらばらと走り寄り、源九郎たちを取り囲むように立った。

源九郎と相対したのは、大槻だった。顔は見えなかったが、頭巾の間から前髪が覗いていたので総髪と知れ、大槻と分かったのだ。それに、源九郎にむけられた細い目に見覚えがあった。

「大槻か！」

源九郎が声を上げた。

大槻は無言だった。切っ先のような鋭い目で、源九郎を見つめている。

「斬れ！　ひとり残らず斬れ！」

仙石の前に立った大柄な武士が、声を上げた。喜田であろう。

喜田の声で、五人の襲撃者が次々に抜刀した。

源九郎の左手にいる室井の前にひとり、源九郎の右手と仙石の右斜前《はすまえ》にひとりずつまわり込んでいた。

仙石と対峙《たいじ》したのは、喜田だった。室井の前にいる武士が篠山らしかったが、他のふたりは何者か分からなかった。篠山は長身なので、それと知れたのである。

すぐに、源九郎と仙石が刀を抜いた。つづいて室井も抜き、切っ先を篠山にむけた。

「室井どの、間合をとれ！」

源九郎が声をかけた。

菅井たちが駆け付けるまで、室井の身を守らねばならないが、源九郎は大槻を相手にして助太刀どころか自分が後れをとるかもしれないのだ。仙石も、喜田を相手に手一杯であろう。

室井は源九郎の声でわずかに後じさったが、それほど間合を取らなかった。いや、取れなかったのだ。背後に、お春がいたので下がれなかったのである。

「いくぞ！」

大槻が低い声で言い、両手を頭上に上げて上段に構えた。切っ先を背後にむけ、刀身を水平に寝かせている。

源九郎からは、大槻の刀の柄頭しか見えなかった。

……霞上段か！

すでに、源九郎は大槻の霞上段からくり出す上段霞崩しと立ち合っていた。

すかさず、源九郎は青眼に構え、切っ先を大槻の左拳につけた。八相や上段に対応した構えである。

源九郎と大槻との間合は、およそ四間——。大槻と源九郎の手にした刀身が、銀色《しろがねいろ》にひかっている。

……先《せん》をとるのだ！

源九郎は胸の内で叫んだ。大槻の仕掛けを待っていると、上段霞崩しの術中にはまるとみたのである。

ふたりは四間ほどの間合をとったまま対峙していた。ふたりとも全身に激しい気勢を込め、気魄《きはく》で攻めていた。

切っ先の高い青眼と霞上段——。ふたりは対峙したまま動かなかった。

源九郎が先に動いた。先《せん》をとって、仕掛けようと思ったのだ。つ、つ、と趾《あしゆび》で地面を摺《す》るようにして、すこしずつ間合を狭め始めた。

と、大槻も動いた。足裏を摺るようにして、ジリジリと間合をせばめてくる。

お互いが相手を引き合うように、ふたりの間合がせばまってきた。それにつれて、ふたりの全身から鋭い剣気がはなたれ、全身に斬撃の気が高まってきた。

あと、一間……、五尺……。

しだいに、一足一刀の間境に近付いてくる。

ふたりは鋭い剣気のなかで、全神経を敵の動きと気配に集中させていた。ふたりは気合を発せず、牽制もしなかった。青眼と霞上段に構えたまま、静かに間合をつめていく。

ふいに、源九郎が寄り身をとめた。まだ、斬撃の間境から一歩の距離があった。源九郎は、このまま間境に踏み込むと、大槻の霞上段からの斬撃をあびると感知したのである。

そのとき、大槻が一歩踏み込もうとした。

その一瞬の隙《すき》を、源九郎がとらえた。

イヤアッ!

裂帛《れっぱく》の気合を発し、源九郎が右手に踏み込みながら斬り込んだ。

袈裟《けさ》へ——。

すかさず、大槻が霞上段から真っ向へ斬り込んできた。稲妻のような鋭い斬撃である。

霞上段から真っ向へ——。

一瞬の攻防だった。源九郎の切っ先が、大槻の着物の胸元を切り裂き、大槻の切っ先は源九郎の左の肩先をかすめて空を切った。

一瞬、源九郎の斬撃が迅かったため、大槻は源九郎の刀身をたたき落とすことができなかったのだ。

次の瞬間、大槻の体が躍動した。

……二の太刀がくる！

咄嗟《とっさ》に、源九郎は後ろに身を引いた。

間髪をいれず、大槻の刀身が袈裟にはしった。上段霞崩しの二の太刀である。

だが、大槻の切っ先は源九郎にとどかなかった。源九郎が後ろに身を引いたからだ。

ふたりは、大きく間合をとり、ふたたび青眼と霞上段に構え合った。

大槻の着物の胸元が裂けていたが、血の色はなかった。源九郎が遠間《とおま》から仕掛けたため、切っ先が肌までとどかなかったのである。

「やるな」

大槻が低い声で言った。

大槻の顔に、源九郎に対する恐れや怯《おび》えは微塵《みじん》もなかった。双眸《そうぼう》が異様にひかり、激しい闘気を全身にみなぎらせ、痺《しび》れるような殺気をはなっている。源九郎と一合したことで、剣客の闘いの本能に火が点《つ》いたようだ。

そのとき、刀身の弾き合う音がし、ワッ、という短い叫び声が聞こえた。つづいて、「半四郎さま！」と、お春の声がひびいた。

源九郎は、室井に目をやった。室井の着物の左袖が裂けている。室井は体勢をくずしたまま後じさっていた。

篠山が、八相に構えたまま室井に迫っていく。

……室井が斬られる！

と、源九郎は察知した。

イヤアッ！

突如、源九郎は鋭い気合を発し、篠山にむかって突進した。

篠山が寄り身をとめて、源九郎に目をむけた。そして、慌てて体を源九郎にむけ、青眼に構えなおした。

かまわず、源九郎は踏み込みざま、篠山に斬り込んだ。

振り上げざま袈裟へ——。気攻めも牽制もない動きながらの斬撃だった。

咄嗟に、篠山が刀を振り上げて源九郎の斬撃を受けた。

だが、体勢がくずれて後ろによろめいた。源九郎の強い斬撃を受けて、体勢がくずれたのである。

源九郎はさらに踏み込めば、篠山を斬れたが、足をとめて反転した。大槻が背後に迫っていたのである。

ふたたび、源九郎は大槻に切っ先をむけた。ハア、ハア、と荒い息が洩《も》れた。篠山に対する激しい動きで、源九郎の息が切れたのである。

……こ、これでは、太刀打ちできぬ！

源九郎は、胸の内で叫んだ。

二

「菅井の旦那！」

平太は、源九郎の家の腰高障子をあけて土間に飛び込んだ。

菅井は土間の隅の竈《へっつい》の前にいた。襷《たすき》で両袖を絞っている。竈で、めしを炊こうとしていたようだ。

「どうした、平太」

「大変だ！　華町の旦那たちが、襲われた」

「空き地か！」

「へい、五人いやす」

「枝島どのにも、知らせろ！」

菅井は、すぐに座敷の隅に置いてあった刀を摑《つか》み、土間から飛び出した。そこへ、茂次が息を切らせながら駆け寄ってきた。

「茂次、長屋の男たちを連れてこい！」

叫びざま、菅井は空き地にむかって走った。

空き地は、近かった。長屋の敷地を走り抜けると、男たちの気合や刀身の触れ合う音が聞こえた。

源九郎や室井たちが覆面をした男たちに、切っ先をむけられている。一目で、源九郎たちが劣勢だと知れた。源九郎たちは、空き地の隅に追いつめられている。

菅井は走りざま刀を腰に差すと、居合の抜刀の身構えをとり、
ヤアアッ！

凄《すさ》まじい気合を発し、室井に切っ先をむけている長身の武士に突進した。室井が、あやういとみたのである。

「菅井だ！」

篠山が、慌てて切っ先を菅井にむけた。

かまわず、菅井は篠山に急迫し、居合の抜刀の間合に踏み込むや否や抜き付けた。

シャッ、という刀身の鞘ばしる音とともに、閃光《せんこう》が袈裟にはしった。

瞬間、篠山は後ろに跳んだ。

だが、菅井の居合の神速の一撃をかわしきれなかった。

ザクリ、と篠山の着物が肩から胸にかけて裂け、あらわになった肌に血の色が浮いた。それほどの深手ではなかったが、篠山は恐怖に顔をゆがめて後じさった。

「おれが相手だ！」

菅井が、刀を脇構えにとって叫んだ。目がつり上がり、口をひらいて牙のように歯を剝《む》き出している。夜叉を思わせるような凄まじい形相である。

「山之内、豊川《とよかわ》、菅井を斬れ！」

喜田が叫んだ。

他のふたりは、豊川という名の男と山之内らしい。豊川は、新たに喜田たちの仲間にくわわったのだろう。

山之内と豊川が、菅井と室井に走り寄った

「山之内、かかってこい！」

菅井は、中背の武士に体をむけた。顔は見えなかったが、その体軀《たいく》から山之内と分かったのである。

山之内は、青眼に構えて切っ先を菅井にむけた。山之内も遣い手だった。腰の据わった隙のない構えである。

菅井は、脇構えにとったまま山之内との間合を読んでいた。居合の抜刀の呼吸で、脇構えから刀身を払うのである。

「菅井、いくぞ」

山之内が、菅井との間合をつめ始めたときだった。

「あそこだ！　やり合ってるぞ」

「室井さま！」

男たちの叫び声が聞こえた。

見ると、長屋の脇から走り出てくる何人もの人影が見えた。枝島と平太、その背後に茂次と長屋の男たちの姿があった。都合、七、八人いるだろうか。空き地の方へ駆け寄ってくる。長屋の男たちは、天秤棒や心張り棒を手にしていた。咄嗟に、戸口にあった物をつかんで飛び出してきたのだろう。

これを見た喜田や大槻が、戸惑うような目をして後じさった。喜田は源九郎たちと間を取ると、

「引け!」

と叫んで反転した。

大槻や山之内たちも、抜き身を引っ提げたまま駆けだした。篠山だけがひとり後れ、腰をふらつかせながら逃げようとした。

「逃がさぬ!」

菅井が疾走した。

すぐに、菅井は篠山の背後に迫り、袈裟に斬りつけた。

ギャッ! という絶叫を上げ、篠山が身をのけ反らせた。着物が肩から背にかけて斜に裂け、あらわになった肌から血が迸《ほとばし》るように流れ出た。深手である。

見る間に、着物が血に染まっていく。

篠山は血を噴出させながらよろめき、足がとまるとがっくりと膝を折って、俯《うつぶ》せに倒れた。

篠山は両手を地面についてつっ張り、首を擡《もた》げて身を起こそうとしたが、すぐに地面に伏してしまった。激しく肩から背に掛けて出血している。

篠山は、もがくように四肢を動かしていたが、いっときすると動かなくなった。力尽きたようである。

源九郎は枝島や茂次たちが駆け寄ると、茂次と平太に、

「ふたりで、逃げた喜田たちの行き先をつきとめてくれ」

と、頼んだ。住居《すまい》をつきとめたかったのである。

「へい」

茂次が応え、平太とともに走りだした。

路地に通じる小径の先に、去っていく喜田たちの後ろ姿が見えた。平太と茂次なら追いついて跡を尾《つ》けることができるだろう。

源九郎は茂次と平太がその場を離れると、室井のそばに走り寄った。室井のまわりには、お春、枝島、仙石、それに菅井が集まっていた。駆け付けた長屋の男たちは、室井たちを遠巻きにして立っている。

「大事ないようだな」

源九郎が、室井の左腕に目をやって言った。

左袖が裂け、肌にかすかに血の色があったが、かすり傷のようである。

「華町どののたちのお蔭で、命拾いしました」

室井が昂《たかぶ》った声で言った。顔が紅潮して、白皙《はくせき》が朱を刷《は》いたように染まっている。

室井の脇に連れ添うように立っているお春は、興奮した面持ちで身を顫わせていたが、助けに駆け付けた男たちに囲まれて安心したのか、恐怖や怯えの色はなかった。

「ともかく、長屋に帰ろう」

源九郎が、男たちに声をかけた。

三

そのころ、茂次と平太は、喜田たちを尾けていた。

喜田たち四人は、路地の手前で手にしていた刀を鞘に納め、頭巾を取った。そして、路地から竪川沿い通りに出て、両国橋を渡り始めた。

すでに、辺りは夕闇につつまれ、日中は人通りの激しい両国橋も人影がなかった。

茂次と平太は喜田たちから半町ほど離れ、仕事帰りの町人を装って橋を渡った。身を隠すところがなかったのである。

茂次たちは、両国橋の西の橋詰に出た。そこは江戸でも有数の盛り場で、広小路には見世物小屋や床店などが建ち並び、日中は大勢の老若男女が行き交っているのだが、いまは人影がまばらだった。遅くまで仕事をしたらしい職人、夜鷹そば屋、酔客などが通り過ぎていく。

茂次たちは、床店に身を寄せたり、通りがかりの酔客の後ろにまわったりしながら、喜田たちの跡を尾けた。

喜田たちは浅草御門の前を経て、郡代屋敷の脇を通り過ぎた。そこは、神田川沿いにつづく柳原通りである。

通りの人影はさらにすくなくなり、土手に植えられた柳が、風にサワサワと揺れている。

神田川にかかる新シ橋のたもとを過ぎて間もなく、喜田たちは足をとめ、二手に分かれた。大柄な喜田と総髪の大槻は、そのまま柳原通りを西にむかい、豊川と山之内は、左手におれた。路地に入ったらしい。

「平太、左にまがったふたりを尾けてくれ。おれは、喜田たちを尾ける」

茂次と平太には、左手にまがったふたりの武士の名は分からなかった。

「へい」

平太は足早に左手の路地にむかった。

夕闇が濃くなっていた。平太の姿が、闇のなかにかすんでいく。

茂次は足を速めて、喜田たちとの間をつめた。ふたりは、柳原通りを西にむかっていく。

喜田と大槻は、和泉橋のたもとまで来て足をとめた。ふたりで何やら言葉を交わしてから、喜田が橋を渡り始め、大槻はそのまま柳原通りを西にむかった
……どっちを尾ける。

茂次は逡巡《しゅんじゅん》したが、喜田を尾けることにした。喜田が一味のまとめ役らしかったし、その後、喜田は茅町の妾宅にも姿をあらわさないため、茂次たちは隠れ家を探していたのだ。

茂次は、喜田に気付かれないようにふたたび距離をとって和泉橋を渡った。

喜田は橋のたもとを左手におれ、神田川沿いの通りを西にむかった。そこは、佐久間町一丁目である。通りに人影はなかった。通り沿いの表店《おもてだな》は大戸をしめ、ひっそりと夜陰につつまれている。

ひとりになったせいか、喜田の足がすこし速くなった。茂次は通り沿いの樹陰や表店の軒下などの闇の濃い場所をたどりながら、喜田の跡を尾けていく。

喜田は神田川沿いの通りを三町ほど歩くと、右手におれた。表店の路地に入ったらしく、その姿が見えなくなった。

茂次は走った。ここまで尾けてきて、喜田の姿を見失いたくなかった。

表店の脇まで来て路地を覗くと、半町ほど先に喜田の姿があった。路地沿いにある仕舞屋《しもたや》の戸口の前に立っている。仕舞屋から洩れる灯《ひ》に、その姿がぼんやりと浮き上がっていた。

……やつの塒《ねぐら》だ！

茂次は察知した。

喜田は戸口の引き戸をあけて、なかに入った。灯が洩れているので、家にはだれかいるはずだ。

茂次は、喜田の姿が家のなかに消えてから歩きだした。足音を忍ばせて、仕舞屋の戸口に近付いた。

戸口の引き戸に身を寄せると、家のなかからかすかに話し声が聞こえた。くぐもったような男の声と女の声だった。家にいたのは女らしい。

茂次は聞き耳を立てたが、ふたりが何を話しているのか聞き取れなかった。茂次は諦めて、戸口から離れた。

茂次は神田川沿いの通りへもどりながら、

……喜田が囲っていたお仙かもしれねえ。

と、胸の内でつぶやいた。

その夜、茂次は源九郎の家に立ち寄った。喜田の行き先を源九郎たちに知らせることもあったが、平太のことが気になっていたのだ。

源九郎の家に菅井がいたが、平太の姿はなかった。めずらしく、ふたりは将棋も指さず、酒も飲まずに座敷で茶を飲んでいた。そうやって、茂次と平太が長屋にもどるのを待っていたらしい。

「茂次、上がれ」

菅井が茂次に声をかけた。

「平太は、まだですかい」

茂次は土間から座敷に上がりながら訊いた。

「平太は来てないが、何かあったのか」

源九郎が訊いた。

「途中から別々に尾けやしてね」

茂次は、喜田たちの跡を尾けたときの様子をかいつまんで話した。

「そのうち、平太ももどるだろう。……それで、喜田の隠れ家が知れたのだな」

源九郎が念を押すように訊いた。

「まちげえねえ。やつは、女といっしょにいやした。茅町から姿を消したお仙かもしれやせん」

茂次が、家のなかで女の声がしたことを話した。

茂次の話が終えたとき、戸口に近付いてくる足音がした。源九郎たち三人は、いっせいに戸口に目をやった。

「華町の旦那、いやすか」

腰高障子のむこうで、平太の声がした。

「平太か、入れ」

源九郎が声を上げた。

腰高障子があいて、平太が土間に入ってきた。息が荒い。走ってきたのだろう。

平太が座敷に上がって腰を下ろすと、

「平太、茶を飲むか」

と、菅井が妙にやさしい声で訊いた。若い平太のことを気遣ったのかもしれない。

「いただきやす」

「すぐ、淹《い》れてやる」

菅井は立ち上がると、流し場に行き、飯茶碗をふたつ持ってきた。湯飲みがなかったのである。

菅井は急須で飯茶碗に茶をつぎ、平太と茂次の膝先に置いた。

平太が茶を飲み、一息つくと、

「それで、何か知れたか」

と、源九郎があらためて訊いた。

「へい、山之内と豊川という男の隠れ家が知れやした」

そう前置きして、平太が話しだした。

平太が尾行したふたりの武士は、柳原通りから豊島町《としまちよう》の町筋に入った。ふたりは表通りをしばらく歩いた後、細い路地沿いにあった借家ふうの仕舞屋の前で足をとめ、慣れた様子で引き戸をあけて家に入った。

「ふたりは、同じ家に入ったのだな」

源九郎が、念を押すように訊いた。

「へい、ふたりとも入《へえ》りやした」

平太が表戸に身を寄せると、家のなかからふたりの話し声が聞こえてきたという。

ふたりのやり取りから、山之内と豊川という名の武士であることが知れた。ふたりは、いっとき空き地での闘いのことを話していたという。

「しばらくして、ふたりは酒を飲み始めやした」

山之内たちは貧乏徳利の酒を飲みながら、黒沢道場の稽古のことなどを話したという。

「豊川も、黒沢道場の門弟だったのか」

源九郎は、豊川も喜田たちに声をかけられて仲間にくわわったのだろうと思った。

四

空き地で喜田たちと闘った翌日の夕方、源九郎の家に七人の男が集まった。源九郎、菅井、枝島、仙石、室井、それに茂次と平太である。

まず、茂次と平太が、喜田と山之内たちの住処をつきとめたことを話した。ふたりは、この日の午前中、それぞれ佐久間町と豊島町に足を運んで近所で聞き込み、喜田や山之内たちが借家に住んでいることを確かめてあった。

「三人の居所が知れたか」

枝島が、身を乗り出すようにして言った。

「それで、どうするな？」

源九郎が、男たちに視線をまわして訊いた。

「斬ろう」

菅井が、低い声で言った。

次に口をひらく者がなく、いっとき沈黙につつまれたが、

「わしも、早く三人を始末した方がいいと思うが、まだ喜田たちを陰で動かしている者の狙いがはっきりしない。……どうだ、山之内か喜田を捕らえて、口を割らせたら」

源九郎は、黒幕は菊池源内であろうとみていたが、まだ室井を殺す狙いがはっきりしなかったのだ。

「ふたりを捕らえれば、はっきりするな」

枝島が言った。

「捕らえるのは、山之内と喜田ですか」

と、仙石。

「豊川は斬るのだな」

菅井が念を押すように言った。

それから、源九郎たちは二か所にある山之内たちと喜田の隠れ家を襲う手筈を相談した。隠れ家は別々だが、二手に分かれると源九郎たちの戦力が半減してしまう。三人ほどでは取り逃がす恐れがあったので、先に山之内たちを襲い、時をおかずに喜田の隠れ家にむかうことにした。

「それで、いつやる」

枝島が訊いた。

「明日の夕暮れ時に山之内たちを襲い、その夜のうちに喜田も捕らえたいな」

源九郎は、近所の者に気付かれないように暗い内に仕掛けたかった。それに、捕らえた山之内と喜田をはぐれ長屋まで運ぶために舟を用意するつもりだった。

「明日ですか」

室井がけわしい顔で言った。室井も、源九郎たちといっしょに行くつもりになっている。

その日、陽が西の空にまわってから五人の男が、源九郎の家に顔をそろえた。源九郎、枝島、室井、それに孫六と三太郎である。孫六と三太郎は、おれたちも行くと言ってきかなかったので、連絡役に連れていくことにしたのだ。孫六と三太郎は、提灯《ちょうちん》を手にしていた。まだ、火は点いていなかったが、その場の状況によって提灯を使うことになるかもしれない。

菅井、仙石、茂次、平太の四人の姿はなかった。四人は源九郎たちより先に、用意した舟で大川から神田川に入り、新シ橋近くの桟橋まで行く手筈になっていたのだ。

茂次と平太は先に行って、山之内たちや喜田が隠れ家にいるかどうか確かめるためで、菅井と仙石はふたりの身を守るために同行したのである。

「わしらも行くぞ」

源九郎たちは、すぐに長屋を出た。

竪川沿いの通りから両国橋を渡り、柳原通りに出た。柳原通りを西にむかってしばらく歩くと、前方に神田川にかかる新シ橋が見えてきた。

「あそこに、菅井の旦那がいやすぜ」

孫六が言った。

橋のたもと近くの柳の樹陰で、菅井が待っていた。

源九郎たちが、菅井のそばに近付くと、

「山之内と豊川は、家にいるようだぞ」

と、菅井が言った。

「平太は？」

源九郎が訊いた。

「山之内たちの家を見張っている」

「茂次と仙石どのは？」

「喜田がいるかどうか、確かめにいっている。そろそろもどるころだろう」

「そうか。……まだ、早いな、すこし待つか」

陽は沈みかけていたが、まだ、暮れ六ツ（午後六時）前だった。柳原通りを行き交う人々も多かった。山之内たちの隠れ家を襲うのは、暗くなって人影がなくなってからである。

それから、小半刻（三十分）ほどして、暮れ六ツの鐘が鳴った。その鐘が鳴り終わって、間もなく、新シ橋を渡ってくる仙石の姿が見えた。

仙石は、源九郎たちの姿に気付くと駆け寄ってきた。

「喜田はいるか」

すぐに、枝島が訊いた。

「もどってきました。いま、茂次が見張っています」

仙石によると、茂次とふたりで喜田の隠れ家に行ったときは、女しかいなかったという。仕方なく、家の近くに身を隠してしばらく待つと、喜田が帰ってきたそうだ。仙石は喜田が家に入るのを確かめ、いっとき様子をみてからその場を離れたという。

「そろそろ行くか」

源九郎たちは、先に山之内と豊川を襲うことにしてあった。人数は十分だったので、連絡役として、その場に孫六と三太郎を残した。

「こっちだ」

菅井が先にたった。

豊島町の町筋は、夕闇に染まっていた。表店は店仕舞いし、人影もまばらだった。遅くまで仕事をした職人や夜遊びにでも出かけるらしい若者などが、足早に通りかかるだけである。

菅井は先にたって表通りから細い路地に入った。路地はひっそりとしていた。路地沿いには小店や仕舞屋などがまばらにつづき、空き地や笹藪《ささやぶ》なども目に付いた。

「あの家だ」

菅井が路傍に足をとめて前方を指差した。

路地沿いに借家ふうの仕舞屋があった。戸口からかすかに灯が洩れている。

「平太は？」

源九郎が菅井に訊いた。

「あそこの笹藪の陰にいるはずだ」

菅井が、仕舞屋の斜向かいにある狭い空き地を指差した。空き地の隅に笹藪があった。

源九郎たちは笹藪に近付くと、平太が笹藪の陰から姿をあらわし小走りに近付いてきた。

「どうだ、なかの様子は」

源九郎が訊いた。

「ふたりともいやす」

平太によると、すこし前に家の戸口に近寄り、ふたりの話し声を耳にしたという。

「裏手はどうなっている?」

「背戸がありやす」

空き地の隅を通って、裏手から路地に出られるようになっているという。

「菅井と仙石どのは、裏手から入ってくれ」

「表と裏から挟み撃ちか」

菅井が目をひからせて言った。

五

仕舞屋の戸口に、源九郎、枝島、室井の三人が集まった。室井は興奮と緊張とで、顔がこわばっていた。目が異様にひかっている。こうした闘いは、初めてなのだろう。

「室井どの、戸口にいて、山之内か豊川が逃げ出そうとしたらわしたちを呼んでくれ」

源九郎が小声で言った。興奮して斬りかかると、返り討ちに遭《あ》う恐れがあるのだ。

「承知した」

室井が昂った声で言った。

源九郎は、引き戸を音のしないようにあけた。戸締まりはしてなかったらしく、すぐにあいた。

家のなかは薄暗かった。土間の先が狭い板間になっていた。板間の奥に、障子がたててある。障子がぼんやりと明らんでいた。行灯《あんどん》の灯が映じているのだ。だれか、座敷にいるらしい。

「だれだ！」

ふいに、障子の向こうで男の声がした。

土間に立っていた源九郎は刀を抜き、板間に踏み込んだ。枝島も刀を抜いて、板間に上がった。室井も刀を抜いたが、戸口の前に立っている。

ガラッ、と勢いよく障子があいた。顔を出したのは、山之内だった。源九郎たちの姿を見て、一瞬驚愕《きようがく》に目を剝いたが、

「華町たちだ！」

叫びざま、反転して座敷の隅に置いてあった刀をつかんだ。

座敷には、もうひとりいた。豊川らしい。豊川も立ち上がり、刀を手にした。

源九郎はすばやく障子に身を寄せ、障子を大きくあけはなった。

「おのれ！」

山之内が刀を抜き、目をつり上げて源九郎に迫ってきた。逆上し、切っ先が震えている。

源九郎は刀身を峰に返し、腰を沈めて低い青眼に構えた。山之内を峰打ちに仕留めるつもりだった。

タアッ！

山之内が短い気合を発し、いきなり斬り込んできた。

刀を振り上げざま、真っ向へ――。狭い部屋のなかのせいもあるのか、前に押し出すような斬撃だった。

すばやく、源九郎は青眼から刀身を撥《は》ね上げた。

キーン、という甲高い金属音がひびき、青火が散って山之内の刀身が撥ね上がった。

すかさず、源九郎は右手に踏み込んで、刀身を横に払った。敵の刀を撥ね上げざま胴へ――。一瞬の太刀捌《たちさば》きである。

源九郎の刀身が、山之内の腹に食い込んだ。

グワッ、と呻《うめ》き声を上げ、山之内は前によろめき障子の枠に肩が突き当たった。山之内の足がとまり、その場に尻餅をついた。

山之内は腹を押さえて、苦しげな呻き声を上げている。

これを見た豊川は、反転して右手の廊下に飛び出した。逃げるつもりらしい。

「逃さぬ！」

枝島が追った。

廊下の先は暗くてはっきりしなかったが、台所につづいているようだ。豊川は裏手から逃げようとしている。

そのとき、菅井と仙石は裏手の背戸をあけて台所の土間に踏み込んだところだった。狭い台所で、流し場と竈があるだけだった。

「菅井どの！　来るぞ」

仙石が声を上げた。

土間につづいてわずかな板間があり、その先が廊下になっていた。その廊下に、人影があった。台所の方に走ってくる。

「おれにまかせろ！」

菅井は板間に飛び上がり、左手で刀の鯉口《こいぐち》を切り、右手を柄に添えた。菅井の細い目が、闇にひそむ狼のようにうすくひかっている。

裏手へ逃げてきた豊川は、目の前に立っている菅井の姿を見ると、ギョッとしたように立ち竦《すく》んだ。

「す、菅井か！」

豊川が、声をつまらせて言った。顔がひき攣《つ》っている。

豊川の背後に走り寄った枝島が、

「そやつ、豊川だ！」

と、叫んだ。

枝島の声を聞いて、菅井の腰が沈んだ。居合の抜刀体勢をとったのである。

ヤアアッ！

豊川が甲ばしった気合を発し、手にした刀を振り上げようとした。

刹那《せつな》、シャッ、という刀身の鞘走る音がし、闇のなかに閃光がはしった。

かすかな骨音がし、豊川の首が横にかしいだ。次の瞬間、豊川の首筋から血が驟雨《しゅうう》のように飛び散った。

豊川は、血を撒《ま》きながら廊下を泳いだ。狭い廊下に血が飛び散り、バラバラと音を立てた。見る間に、廊下が血に染まっていく。

豊川の足がとまると、腰からくずれるように転倒した。廊下に伏臥《ふくが》した豊川は、モソモソと四肢を動かしていたが、すぐにぐったりとなった。絶命したようである。

「表に行ってみよう」

菅井が、顔の返り血を手の甲で拭いながら言った。菅井の目が、異様なひかりを帯びていた。人を斬り殺した気の昂りのせいらしい。

源九郎たちは、戸口に近い板間にいた。山之内は後ろ手に縛られ、猿轡《さるぐつわ》をかまされている。顔が激痛と恐怖にゆがんでいた。

源九郎は菅井から豊川を斬ったことを聞くと、

「長居は無用だ。山之内を連れて行こう。まだ、喜田が残っている」

源九郎が、その場にいた男たちに言った。

源九郎たちは山之内を連れ、夜陰につつまれた路地を通って柳原通りに出た。

新シ橋近くの柳の樹陰に孫六がいたが、三太郎の姿はなかった。

「三太郎はどうした」

源九郎が訊いた。

「茂次といっしょに行きやした」

孫六の話では、半刻(一時間)ほど前に茂次が姿を見せ、隠れ家に喜田がいることを話してから、三太郎を連れて隠れ家の見張りにもどったという。

「わしらも、行こう」

源九郎は、まだ家に灯のあるうちに仕掛けたかった。灯を消して家のなかが真っ暗になってしまうと、踏み込んで襲うのはむずかしくなる。提灯はあったが、家のなかの様子を知っている喜田に逃げられる恐れがあった。

喜田の隠れ家にむかうのは、源九郎、菅井、仙石の三人ということになった。茂次と三太郎がいるので、都合五人である。相手は、喜田ひとりだった。刀をふるうのは、源九郎たち三人だが、それで十分だろう。

室井、枝島、孫六、平太の四人は、近くの桟橋に繋《つな》いである舟で、捕らえた山之内とともに待つことになった。

「橋を渡った先だ」

そう言って、仙石が先にたった。

六

「あそこの灯の洩れている家でさァ」

茂次が路地の先を指差した。

路地沿いに仕舞屋があった。戸口からかすかに灯が洩れている。夜陰につつまれてはっきりしないが、妾宅ふうのこぢんまりした家である。脇と裏手には、低い板塀がまわしてあった。

「菅井、念のために裏手にまわってくれ」

源九郎は、ここへ来るまでの間に仙石から裏手に出入り口はないと聞いていたが、板塀が低いので飛び越えて逃げるかもしれない。

「分かった」

菅井が目をひからせて言った。

源九郎たち五人は、足音を忍ばせて仕舞屋の戸口にむかった。

頭上に十六夜《いざよい》の月が、皓々《こうこう》とかがやいていた。路地が淡い青磁色《せいじいろ》にひかり、夜陰のなかにぼんやりと浮き上がったように見えている。その路地を、源九郎たちは足早に歩いた。

戸口近くまで来ると、菅井が三太郎を連れて板塀沿いに裏手にむかった。源九郎、仙石、茂次の三人は戸口に集まった。

聞き耳をたてたが、物音や人声は聞こえなかった。ただ、ひとのいる気配はする。

「踏み込むぞ」

と、源九郎が小声で言い、戸口の引き戸をあけた。土間の先に、障子がたててあった。かすかに灯の色が映じている。

……喜田がいるのは、その先だ。

と、源九郎はみた。

障子のたててある座敷に、ひとのいる気配はなかった。それに、灯の色が薄過ぎる。おそらく、その先の座敷に置かれた行灯の灯を映しているのだろう。

源九郎は刀を抜いてから、左手でそっと障子をあけた。薄暗い座敷で、人影はなかった。その先にも障子がたててあり、明るい灯の色があった。

源九郎は音のしないように座敷に踏み込んだ。すぐに、仙石がつづいた。茂次は土間に残っている。

……いる！

障子の先に、ひとのいる気配がする。

かすかに、衣擦れの音がした。ひとが立ち上がったらしい。

スーッと、障子があいた。

姿を見せたのは、喜田だった。一瞬、喜田は源九郎たちの姿を見て驚愕に目を剝き、棒立ちになったが、

「華町か！」

一声叫ぶと、すぐに座敷にもどり、刀掛けの刀を手にした。

座敷にいた女が障子の間から覗き、「おまえさん、だれなの！」とひき攣ったような声を上げた。

「お仙、死にたくなかったら、裏から逃げろ！」

喜田は刀を抜いて、源九郎と仙石の方に体をむけた。闘うつもりらしい。

お仙は、ヒッヒッと喘鳴《ぜんめい》とも悲鳴ともつかぬ声を上げながら、座敷の奥の襖をあけた。その先が、台所になっている。裏手から、板塀を越えて逃げるつもりらしい。

源九郎はお仙にかまわず、喜田と対峙《たいじ》すると、

「喜田、いくぞ！」

と声を上げ、青眼に構えた。

「おお！」

喜田は低い八相に構え、さらに腰を低くした。切っ先が鴨居を斬りつけないように低く構えたようだ。

喜田の顔が怒張したように赭黒《あかぐろ》く染まり、目がつり上がっていた。異様に気が昂っているが、恐怖や怯えの色はなかった。

ふたりの間合は、およそ三間――。狭い座敷のため、ひろく間合をとることができないのだ。

ズズッ、と足裏で畳を擂る音がし、喜田がわずかに間合をつめた。

斬撃の間合に入った刹那、喜田の全身に斬撃の気がはしった。刹那、鋭い気合と同時に喜田の体が躍動した。

八相から袈裟へ――。

だが、この太刀筋を源九郎は読んでいた。

ヤアッ！

鋭い気合を発し、源九郎が青眼から刀身を横に払った。一瞬の太刀捌きである。

刀身の擦れ合う音がし、喜田の刀が脇に流れた。源九郎が受け流したのである。

瞬間、刀の柄を握った喜田の両腕が前に突き出された。

タアッ！

ふたたび、源九郎の気合がひびき、閃光が縦にはしった。喜田の腕を狙ってすばやく斬り下ろしたのである。

骨肉を截断《せつだん》するにぶい音がし、喜田の右腕が畳に落ちた。

グワッ、と絶叫を上げ、喜田が前に泳いだ。截断された腕の切り口から、血が赤い筋になって流れ出ている。

喜田は刀を取り落とし、左手で血の噴出する右腕を押さえた。凄まじい形相だった。顔に飛び散った血がかかり、赤く染まった。目を剝き、口をあけて、唸《うな》り声を上げている。

「動くな！」

源九郎が、切っ先を喜田の首に突きつけた。

源九郎は喜田を生きて捕らえるため、腕だけ斬り落としたのである。

そばにいた仙石が持っていた手ぬぐいで、喜田の右腕を強く縛った。出血をとめようとしたのだが、上腕のせいもあって、うまく縛れなかった。

そこへ、茂次が入ってきて持ってきた細引を喜田の胸にまわして縛った。喜田は抵抗しなかった。仙石や茂次のなすがままになっている。

「外に連れ出そう」

源九郎たちが喜田を連れて戸口から出ると、菅井と三太郎が裏手からもどってきた。

「お仙は、どうした」

源九郎が訊いた。

「台所で、へたり込んで顫えている。連れて来るか」

菅井が訊いた。

「かまうな。……お仙には、何もできぬ」

お仙が、町方に訴えるとは思えなかった。仲間の大槻が訪ねてくれば、事情を話すかもしれないが、豊川の死体を目にすれば、源九郎たちに斬られたことは大槻にはすぐに分かるので、同じことである。

「長屋へ帰るか」

源九郎たちは、戸口から出た。

静かな夜だった。源九郎たちは、月光に照らされた路地を神田川にかかる新シ橋の方へむかって歩いた。

七

源九郎たちははぐれ長屋にもどると、捕らえた喜田を源九郎の家に連れ込んだ。山之内は、菅井の家である。ひとりずつ話を訊くつもりだった。

「喜田、大槻の塒はどこだ」

源九郎は、すぐに訊いた。

座敷には、縛られた喜田を取りかこむように五人の男が集まっていた。源九郎、菅井、枝島、仙石、それに孫六である。孫六は長年岡っ引きをしていたこともあって、科人《とがにん》から話を聞き出すのが巧みだったので、源九郎がその場に呼んだのだ。

「……………」

喜田は口をひらかなかった。顔は蒼ざめ、目は虚ろだった。体が激しく顫えている。截断された右腕のせいかもしれない。

右腕からは、まだ出血していた。腕を分厚く古い浴衣で包んで縛ってあったが、その浴衣が血に染まっている。

「この期に及んで、かばうこともあるまい。……大槻に恩でもあるのか」

「お、恩などない」

喜田は声を震わせて言った。

「大槻の塒はどこだ」

源九郎が、語気を強くして訊いた。

「……やつに塒などない。道場に、寝泊まりしていた男だからな」

喜田の顔に、苛立《いらだ》ったような表情が浮いた。

「だが、いまは道場を出ているはずだぞ」

「どこにいるか知らぬが、だれかの世話になっているのではないのか」

「だれの世話になっているのだ」

「お、おれは、知らぬ」

うわずった声で言うと、喜田はまた口をつぐんでしまった。

すると、源九郎の脇にいた孫六が、

「大槻というお侍は、柳原通りを昌平橋の方へむかったと聞きやしたぜ。……そっちの方にあるのは、黒沢道場と菊池さまのお屋敷ですよ」

そう言って、喜田に目をやった。

「……！」

喜田の顔に、ハッとした表情が浮いた。

「そうか、菊池の屋敷か」

大槻は、菊池の屋敷に身を隠しているようだ。菊池にも、用心棒として大槻を身近におきたい気持ちがあったのかもしれない。

源九郎が、喜田の顔を見すえ、

「おぬしたちに、室井どのの命を狙わせたのは菊池だな」

と、語気を強くして訊いた。

喜田はすぐに答えず、蒼ざめた顔を苦痛にゆがめていたが、

「……そうだ」

と、肩を落として答えた。これ以上、隠しても仕方がないと思ったようだ。

そのとき、源九郎の脇にいた枝島が、

「なぜ、菊池が半四郎さまの命を狙ったのだ」

と、語気を強くして訊いた。

枝島は、菊池と呼び捨てにした。室井の命を狙った首謀者とみたからであろ

う。

「く、くわしいことは知らぬが、室井家を血縁の者に継がせるためらしい……」

喜田が苦しげに顔をしかめて言った。すこし、息が乱れている。

「幸江さまか！」

枝島が、声を上げた。

幸江は室井の妹だが、後妻のおせいの子である。

「やはり、そうか。半四郎さまを亡き者にし、幸江さまに婿を迎えて、室井家を継がせるつもりだったのだな」

枝島が、納得したような顔をした。

源九郎も、菊池が何をたくらんでいたかはっきりした。幸江が婿をむかえて家を継げば、おせいが跡継ぎの義母となり、菊池は外舅《がいきゅう》ということになる。現在、当主である清重は病が重く、長い命ではないとみられていた。次兄の慶次郎は家を継げないほどの病弱である。菊池は、半四郎さえいなくなれば、いずれ三千石の室井家は思うままになると踏んだのだろう。

そのとき、喜田が苦しそうに顔をしかめ、低い呻き声を洩らした。

……長くはもたぬかもしれぬ。

と、源九郎はみた。喜田の出血は、思いのほか多かった。源九郎たちの喜田に対する訊問は、それで終わった。喜田の顔色が悪く、あまりに苦しげだったからである。それに、喜田から訊きたいことは、あらかた済んでいたのだ。

次に、山之内から話を聞いた。

山之内は源九郎たちの問いに答えようとしなかったが、すでに喜田がしゃべったことを知ると、すこしずつ話しだした。ただ、それほど山之内から訊くことはなかった。

まず、源九郎は、山之内や篠山たちが菊池と知り合った経緯を訊いた。山之内によると、黒沢道場をとおして知り合い、料理屋などに誘われて遊び歩くうちに菊池家に出入りするようになったという。

「だが、それだけで、室井どのやわしらの殺しを引き受けるとは思えんな。……何か菊池から話があったのではないのか」

源九郎が訊いた。

「いずれ、室井家に高禄で奉公できるようにすると……」

山之内が、小声で言った。

「なに、菊池が、うぬらを室井家に奉公させると言ったのか」

枝島が怒りの色を浮かべた。

「そ、そうだ……」

山之内は、枝島から視線をそらせてしまった。

「ところで、道場主の黒沢どのだが、大槻や喜田が道場の外で何をしているか、知っているのか」

源九郎が、声をあらためて訊いた。

「何も知らないはずだ。大槻どのも喜田どのも、道場を出てから寄り付かないからな。それに、黒沢さまは、ご高齢だ」

山之内が小声で言った。

「そうか」

黒沢は、此度《こたび》の件にはかかわりがないようである。

源九郎たちは、山之内の訊問が終わった後、山之内と喜田をどうするか相談した。

源九郎は殺すまでもないと思ったが、いま自由にすることはできなかった。菊池家に駆け込み、源九郎たちのことを話す恐れがあったからである。

「菊池と大槻の始末がつくまで、長屋に閉じ込めておくか」

そう長い間ではないだろう。源九郎たちは、機会をとらえて菊池と大槻を討つつもりでいたのだ。

第六章　上段霞崩《じょうだんかすみくず》し

一

　暮れ六ツ（午後六時）の鐘が鳴って、小半刻（三十分）ほど過ぎていた。神田川沿いの道は、淡い夕闇に染まっている。

　川岸近くの土手に繁茂した葦《あし》が、風に揺れていた。通り沿いには大身の旗本屋敷がつづいていたが、人影はなくひっそりとしていた。神田川の流れの音が、絶え間なく聞こえてくる。

　神田川沿いに植えられた樹木の陰や繁茂した葦の陰などに、男たちがひそんでいた。源九郎、菅井、枝島、仙石の四人である。

　源九郎たちがいるのは、駿河台の太田姫稲荷の近くだった。そこで、菊池と大槻が通りかかるのを待っていたのだ。

源九郎たちが、喜田と山之内を捕らえて四日経っていた。この間、孫六、茂次、三太郎、平太の四人は連日駿河台に来て、菊池の屋敷近くで聞き込んだり屋敷を見張ったりして、菊池と大槻の動向を探っていた。その結果、菊池と大槻は、ときおり屋敷を出て、神田川の対岸に位置する湯島に出かけ、神田明神社の近くにある料理茶屋に出かけることをつかんだ。そして、今日の七ツ（午後四時）前、菊池の屋敷を見張っていた茂次と平太が、菊池と大槻が屋敷を出たのを目にし、跡を尾けてふたりが湯島の料理茶屋に入ったのを確かめたのだ。

すぐに、平太がはぐれ長屋に走り、源九郎たちに知らせた。源九郎たちは、機会をとらえて菊池たちを討つつもりで長屋に待機していたので、平太とともに駿河台に来たのである。

「そろそろだな」

源九郎が、通りの先に目をやって言った。

源九郎たちが身をひそめているのは、菊池たちの湯島からの帰り道だった。まだ、菊池たちは、姿を見せなかった。

「華町、大槻とひとりで立ち合うのか」

菅井が訊《き》いた。

「そのつもりだ」

源九郎はひとりの剣客として、大槻の遣う上段霞崩しと勝負したかったのだ。

「勝てるのか」

「やってみねば分からぬ」

本音だった。こうした勝負は立ち合ってみないと、分からないところがある。一瞬の気の迷いや闘いの場の状況などによって勝負が左右されるからだ。

「おい、平太が来たぞ」

菅井が、神田川にかかる昌平橋の方に目をやって言った。

神田川沿いの道を平太が走ってくる。平太は源九郎たちをこの場に案内した後、茂次とふたりで湯島の料理茶屋の見張りに行っていたのだ。

源九郎は、樹陰から通りに出た。

「菊池たちが来やす！」

平太が、息をはずませながら言った。

「ふたりか」

「大槻もいっしょです」

「茂次は？」

「菊池たちの跡を尾けると言ってやした」

「そうか」

源九郎は、通りのなかほどに出て手をまわした。ひそんでいる枝島と仙石に、菊池たちが来ることを知らせたのである。

源九郎はふたたび樹陰にもどった。平太は、近くの群生した葦のなかにもぐり込んだ。

……来たな！

通りの先に、黒い人影が見えた。菊池と大槻らしい。

源九郎は、菊池を目にしたことはなかったが、初老で大柄だと聞いていた。大槻といっしょにいる武士は大柄だった。

夕闇のなかに、ふたりの姿がしだいにはっきりしてきた。ふたりで何やら話しながら、やってくる。

源九郎はふたりが十間ほどに近付いたとき、樹陰から走り出た。菅井もつづいた。

そのとき、ザザザッと葦を分ける音がひびいた。枝島と仙石が葦を分けて、菊池たちの背後にまわり込もうとしているのだ。

一瞬、菊池が、立ち竦《すく》んだ。いきなり飛び出してきた源九郎たちを見て、驚いたらしい。

菊池は初老だった。鬢《びん》や髷《まげ》の白髪が目に付いた。目鼻立ちが大きく、ギョロリとした目をしている。

一方、大槻は、すぐに刀に手を添えて身構えた。

源九郎は大槻の前に立ち、抜刀体勢をとった。

「華町か！」

大槻が声を上げた。

「喜田や山之内たちは、わしらが始末した。次は、うぬらふたりだ」

源九郎は、ゆっくりとした動きで刀を抜いた。

「て、手を引け！　わしらは、何もしておらんぞ」

菊池が声を震わせて言った。

その菊池の前に、行く手をふさぐように菅井が立った。背後に、枝島と仙石がまわり込んでいる。すでに、ふたりは刀を抜き、菊池に切っ先をむけていた。

枝島たちの背後に、茂次の姿が見えた。菊池たちの跡を尾けてきたらしい。

「喜田と山之内が、すべて吐いた。室井家を乗っ取るつもりだろうが、そうはさせぬ」

枝島が、語気を荒らげて言った。

「わ、わしは、知らぬ」

菊池の顔が恐怖にゆがみ、体が顫《ふる》えだした。

「菊池、覚悟しろ！」

枝島が、背後から迫った。

菅井は居合の抜刀体勢をとっていたが、すこし身を引いた。菊池のことは、枝島と仙石にまかせるつもりらしい。

源九郎は、およそ四間の間合をとって大槻と対峙《たいじ》した。

「今度こそ、うぬを斬る！」

大槻は低い声で言って、上段に構えた。切っ先を背後にむけて、刀身を寝かせている。霞上段の構えである。

すぐに、源九郎は青眼に構えた刀身を上げ、切っ先を大槻の左拳につけた。霞上段に対応した構えをとったのだ。

二

霞上段と切っ先を敵の左拳につけた青眼——。

源九郎と大槻は、およそ四間の間合をとったまま動かなかった。ふたりの刀身が夕闇のなかで、にぶい銀色《しろがねいろ》にひかっている。

源九郎は全身に気勢を込め、左拳に斬り込む気配をみせていた。気攻め《きぜ》である。対する大槻も痺《しび》れるような剣気をはなち、上段から真っ向に斬り込む気配をみせていた。

ふたりは気合も発せず、牽制もしなかった。気だけで攻めている。塑像のように動かないふたりの間で、激しい気攻めがつづいた。

どれほどの時が過ぎたのか。ふたりには時の流れの意識はなかった。すべての神経を敵の動きに集中している。

そのとき、ギャッ、という菊池の絶叫がひびいた。その叫び声が、源九郎と大槻をつつんでいた剣の磁場を突き破った。

ツッ、と源九郎が爪先を踏み出した。先《せん》をとろうとしたのだ。

すかさず、大槻も動いた。趾《あしゆび》を這《は》うように動かし、ジリジリと間合をつめ始めた。源九郎も、すこしずつ間合をつめた。ふたりの間合が、しだいに一足一刀の間境に迫っていく。

ふたりの間合がせばまるにつれ、全身に斬撃の気配が高まってきた。

あと、一間……、五尺……、三尺。

源九郎は、大槻との間合を読みながら身を寄せていく。

斬撃の間境から一歩の間合に接近したとき、源九郎が寄り身をとめた。これまでの動きは、二度目に対戦したときと同じである。

だが、大槻も寄り身をとめた。先に源九郎に斬り込ませ、その出鼻《でばな》をとらえようとしているのだ。

ピクッ、と源九郎が切っ先を動かし、斬撃の気配を見せた。誘いだった。斬り込むとみせて、先に敵に斬り込ませるのである。この誘いに大槻が乗った。

タアッ！

裂帛《れっぱく》の気合を発し、大槻が斬り込もうとした。

その一瞬を、源九郎がとらえた。鋭い気合を発し、踏み込みざま斬り込んだ。

神速の斬撃である。

袈裟《けさ》へ——。

間髪をいれず、大槻の切っ先が源九郎の真っ向を襲った。霞上段からの稲妻のような斬撃である。

源九郎の切っ先が大槻の左の肩先を斬り裂き、大槻のそれは源九郎の鼻先をかすめて空を切った。わずかに源九郎の斬撃が迅《はや》く、大槻は源九郎の刀身をはじき落とすことができなかったのだ。

一合した刹那《せつな》、源九郎は後ろに跳んだ。

すかさず、大槻が刀身を袈裟に払った。上段霞崩しの二の太刀である。だが、大槻の切っ先は、源九郎にとどかなかった。

ふたたび、源九郎と大槻は、四間ほどの間合をとって、青眼と霞上段に構えをとった。

大槻の着物の左の肩先が裂け、血の色があった。源九郎の切っ先が、とらえたのだ。

「おのれ！」

大槻が、源九郎を睨むように見すえて言った。

総髪が乱れ、顔が赭黒《あかぐろ》く染まっていた。全身に激しい闘気が漲《みなぎ》り、双眸《そうぼう》が燃えるようにひかっている。

大槻の霞上段に構えた左拳が、かすかに震えていた。肩先の傷はそれほどの深手ではなかったが、傷を負ったことで肩に力が入っているようだ。源九郎からは見えなかったが、背後にむけられた刀身も震えているはずである。

……勝てる！

源九郎は、胸の内で声を上げた。

体の力みは一瞬の反応をにぶくし、太刀筋を乱すはずだった。こうした真剣勝負では、一瞬の差が勝負を決めるのだ。

「いくぞ！」

源九郎が、間合をせばめ始めた。足裏を摺《す》るようにして、すこしずつ斬撃の間境に迫っていく。

すると、大槻も動いた。ジリジリと間合をつめてくる。

ふたりの間合が、一気に狭まった。一足一刀の間境に迫るや否や、源九郎が先に仕掛けた。

タアッ！

鋭い気合を発し、切っ先を大槻の喉元に突き出した。

突きである。上段に構えた者は、切っ先が喉元に伸びてくる突きに対して、敏感に反応することが多い。

この突きに、大槻が反応した。

イヤアッ！

甲走った気合を発し、大槻が霞上段から振り下ろした。咄嗟《とっさ》に、源九郎の喉元に伸びた刀身をたたき落とそうとしたのである。

瞬間、源九郎は刀身をわずかに引きざま、刀身を逆袈裟に撥《は》ね上げた。

シャッ、という刀身の擦れ合う音がし、大槻の刀身が流れ、体が前におよいだ。源九郎が大槻の斬撃を受け流したのである。

次の瞬間、源九郎は逆袈裟に撥ね上げた刀身を返しざま、袈裟へ斬り下ろした。

逆袈裟から袈裟へ——。一瞬の切り返しである。

ザクリ、と大槻の着物が左肩から胸にかけて裂けた。あらわになった肌に血の線がはしった瞬間、血が迸《ほとばし》るように噴出した。

大槻は、両腕をだらりと垂らしたまままつっ立った。刀は右手だけで握っている。左肩を深く斬られ、左腕が動かないらしい。

大槻は顔をゆがめ、目をつり上げていた。左肩から胸にかけて、血で真っ赤に染まっている。

「き、斬れ！」

大槻が叫んだ。腰が据わらないらしく、体が揺れている。

「承知した」

大槻は助からないが、すぐには死なないだろう。ここで、とどめを刺してやるのが、武士の情けである。

源九郎はつかつかと大槻の脇に歩み寄り、刀身を一閃《いっせん》させた。

切っ先が、大槻の首筋をとらえた。

大槻の顔が横にかしいだ次の瞬間、首から、ビュッ、と血が飛んだ。源九郎の一颯《いっさつ》が、大槻の首の血管《ちくだ》を斬ったのである。

大槻はすぐに倒れなかった。血を撒《ま》きながらつっ立っていたが、ゆらっと体が大きく揺れ、腰からくずれるように転倒した。

地面に伏臥《ふくが》した大槻は、四肢を痙攣《けいれん》させていたが、首を擡《もた》げようともしなかった。すでに、息絶えているのかもしれない。

……終わった。

源九郎は、ひとつ大きく息を吐いた。激しかった心ノ臓の鼓動がしだいに収まり、昂《たかぶ》っていた気持ちが平静さをとりもどしてきた。

そこへ、菅井が走り寄り、

「見事だな」

と、源九郎に声をかけた。菅井の顔には安堵《あんど》の色があった。源九郎と大槻の勝負がどうなるか案じていたのだろう。

「菊池はどうした?」

源九郎は、菊池がどうなったか見ていなかった。

「枝島どのが斃《たお》した」

「そうか」

見ると、立っている枝島と仙石の足元に菊池が横たわっていた。夕闇につつまれてはっきりしないが、血塗《ちまみ》れのようである。

「終わったな」

源九郎はそう言って、手にした刀に血振《ちぶ》り(刀身を振って血を切る)をくれてからゆっくりと納刀した。

その夜、源九郎たちが長屋にもどると、捕らえておいた喜田が死んでいた。自害したらしい。体のまわりが、血の海だった。いっしょに監禁していた山之内に訊くと、喜田は、右腕の付け根を縛って出血をとめていた紐を左手で解き、残った右の上腕を激しく動かして出血させ、そのまま横になったという。

右手を失った喜田は、体と両足しか縛っておかなかったので、左手を使うことができたようだ。

「喜田どのは、このような体では生きていても仕方がない、と言って自害したのだ」

山之内が悲痛な顔をして言った。

「うむ……」

源九郎は、喜田の追いつめられた気持ちが分かった。この先、武士として禄を得ることはできず、剣で身をたてる道を失い、生きる気力を失ったにちがいない。それに、右腕を截断《せつだん》されてから、ひどく体が弱っていたのだ。

源九郎は枝島や菅井と相談して、山之内に菊池と大槻を討ったことを話し、今後、室井家や長屋の者に近付かないことを約束させてから解き放った。これ以上、山之内を捕らえておく必要がなくなったのである。

喜田の亡骸《なきがら》は、回向院の隅にでも埋めてやることにした。

「菅井、一杯飲むか」

源九郎が、菅井に声をかけた。すでに、夜は更けていたが、源九郎は妙に酒が飲みたくなったのだ。

「付き合うぞ」

菅井も、すぐにその気になった。

三

「明日、本郷の家へ帰るつもりです」

室井が、源九郎と菅井を前にして言った。

はぐれ長屋の源九郎の家だった。座敷に、源九郎、菅井、室井、枝島、それに用人の船村の姿があった。

源九郎たちが、駿河台で菊池と大槻を斃して七日過ぎていた。この間、室井は枝島や仙石とともに、何度か本郷の屋敷にもどっていた。当主の清重や船村に、これまでの経緯や菊池たちを斃したことなどを話し、今後どうするか相談したにちがいない。

そうしたことがあって、三日前から枝島と仙石は本郷の屋敷にもどったのだ。室井の警護の必要がなくなったからである。

「それがいいな」

源九郎は、室井が屋敷にもどり、家を継ぐのが一番いい方法だろうと思った。

「それで、お春どのは、どうされるのだ」

源九郎が訊いた。

室井とお春は、まだ長屋で暮らしていたが、室井が屋敷にもどって家を継ぐことになれば、お春も長屋を出ることになろう。

「お春さまは、いったんお屋敷に帰られ、あらためて祝言を挙げてから室井家に入っていただくつもりです」

船村が、目を細めて言った。

そのとき、源九郎や室井のやり取りを聞いていた菅井が、

「ところで、おせいどのだが、屋敷におられるのか」

と、口を挟んだ。おせいは、清重の後妻で、此度《こたび》の事件を引き起こした菊池の娘だった。直接、おせいが事件に口を出したかどうか分からないが、かかわりがあったことは確かであろう。

「そのことだがな」

船村が声をひそめて話した。

おせいは、父が何をしたか知っているらしく、菊池の死後、葬儀のために娘の幸江を連れて実家に帰り、そのまま室井家にもどっていないという。

「しばらく、実家で謹慎されるつもりらしいが、その後のことは分からないのだ。……ただ、半四郎さまが家を継がれ、お春さまを屋敷に迎えられれば、おせいさまは屋敷に居辛くなろうな。実家にとどまるか、あるいは、仏門に入るようなことになるかもしれん」

船村がしんみりした口調で言った。

「うむ……」

源九郎も、おせいは室井家にもどらないだろうと思った。室井家には、おせいの居場所がなくなるのである。菊池やおせいにはそうした読みもあって、室井を亡き者にしようとしたのかもしれない。

「娘御は？」

源九郎が訊いた。

「どうなるか。殿は幸江さまを可愛がっておられるので、いっしょにお暮らしになりたいのだろうが……」

船村は語尾を濁した。どうなるか、船村にも分からないのだろう。

次に口をひらく者がなく、座敷がいっとき静寂につつまれたとき、

「華町どのと菅井どのに、頼みがあるのですが」

室井が言った。

「頼みとは？」

「剣術の指南をしていただきたい」

室井が、思い詰めたような顔をして言った。

「剣術の指南だと」

菅井が驚いたような顔をした。

「そうです」

「どこで、やる気だ」

源九郎が訊いた。

「本郷の屋敷です。……三日に一度でも、五日に一度でもいいので、屋敷に来て指南していただけまいか」

「そ、それは、困る」

源九郎は、チラッと菅井に目をやった。

菅井はむずかしい顔をして、口をひき結んでいる。

「なにせ、この歳だからな」

源九郎が戸惑うような顔をした。

源九郎と菅井は、これまで大名家の依頼で藩邸に剣術指南に行ったことがあった。ただ、一度か二度だけである。出稽古として、三日か五日に一度定期的に行くとなると、負担は大きい。それに、はぐれ長屋から本郷までかなりあるのだ。

「駄目ですか」

室井が気落ちしたように言った。

そのとき、菅井がもっともらしい顔をして、

「気がむいたときに、室井どのが来ればいい。……長屋のそばの空き地で、十分稽古はできる」

菅井も、室井が空き地で稽古をしているのを見ていたのである。

「そうだな、室井どのが近くを通りかかったおりに、長屋に立ち寄ってもらえれば、いつでも相手になる」

源九郎は、それも長い期間ではない、と思った。室井が家を継いでお春といっ

しょになれば、次は出仕ということになるだろう。貧乏長屋に出かけてきて、剣術の稽古などしている暇はなくなるはずである。

「そうさせてもらいます」

室井が、納得したようにうなずいた。

それから、小半刻（三十分）ほど話してから、室井たちは腰を上げた。まだ、八ツ半（午後三時）ごろだったが、明朝長屋を出るためには、帰り支度をする必要があるのだろう。

「おふたりには、いろいろご助勢いただき、礼の言いようもござらぬ」

戸口で、船村があらためて源九郎と菅井に頭を下げた。

源九郎と菅井は戸口に立ったまま、室井たちの後ろ姿が長屋の棟の角をまがるまで見送っていた。

「ああ、いい日だな」

源九郎が、両手を突き上げて伸びをした。

春らしいやわらかな陽射しが、長屋をつつんでいた。微風《そよかぜ》にも、春らしい暖かさがある。

そのとき、斜向《はす》かいの家の腰高障子があいて、お熊が姿をあらわした。お熊は室井たちがむかった先に目をやりながら、源九郎たちに近付いてきた。

「旦那、室井さまたちは、何を話しに来たんです」

お熊が、源九郎に身を寄せて訊いた。

「明日な、室井どのは長屋を出るそうだ。まァ、それで、挨拶に来たわけだな」

源九郎が間延びした声で言った。

「お春さまもいっしょかい」

「あたりまえだ。女房になる者を長屋に残して、自分だけ屋敷に帰れるか」

菅井が顔をしかめて言った。

「ふたりとも、長屋を出るのかい。……寂しいねえ」

「うむ……」

「あたしなんか、遠くで眺めていただけだけど、ふたりがいると長屋に花が咲いたようだものねえ」

お熊がしんみりした声で言った。

四

源九郎が遅い朝餉《あさげ》の後、湯を沸かして座敷で茶を飲んでいると、戸口に近寄ってくる慌ただしそうな下駄の音がした。お熊らしい。お熊の足音は聞き慣れているので、すぐに分かる。

「旦那、入るよ」

お熊の声がして、腰高障子があいた。

「どうした、お熊」

「室井さまたちが、帰るようだよ」

お熊が土間に立って言った。

「そうか」

源九郎も、室井たちがそろそろ長屋を出るころだろうと思っていた。

「おまつさんやおいちちゃんたちも、見送りに集まっているよ」

「どこに、集まっているのだ」

「井戸端の近くだよ。菅井の旦那や孫六さんたちもいるからね」

「菅井もいるのか」

菅井は、昨日別れの挨拶はすませていたので、今日は両国広小路に居合の見世物に出たのではないか、と源九郎は思っていたのだ。

「いたよ。旦那は、見送りに出ないのかい」

「いや、そろそろ表に出ようかと思っていたところだ」

源九郎は、手にした湯飲みを脇に置いて立ち上がった。菅井まで見送りに出ているとなると、源九郎だけひとり部屋にいるわけにはいかない。

源九郎は、お熊につづいて戸口から出た。室井とお春が、長屋を出る話は行き渡っているらしく、あちこちの家の戸口に立っている者がいた。年寄りや子供が多かったが、長屋を出る室井たちを見送るつもりらしい。

井戸端には、長屋の住人たちが大勢集まっていた。娘や女房たちの姿が多かったが、男の姿もあった。居職《いじょく》の者だろうが、若い男も混じっていた。菅井や孫六たちの姿もある。

「大勢だな」

源九郎は、ふたりが長屋にいると花が咲いたようだ、とお熊が言ったのを思い出した。

長屋の連中にとって、ふたりは手のとどかない高嶺《たかね》の花だが、同じ長屋に住んでいるだけで、華やいだ気分になれるのかもしれない。

「おお、華町、来たか」

菅井が源九郎に身を寄せて言った。

「広小路には、行かなかったのか。いい天気ではないか」

今日も、朝から晴れていた。すでに、五ツ半（午前九時）ごろで、強い陽射しが井戸端を照らしていた。

「今日ぐらいは、いいだろう」

「そうだな」

言いながら、源九郎は井戸端のまわりに視線をまわした。

源九郎には、気掛かりなことがあった。お吟である。お吟はお春が長屋の室井の許に来てから、ぷっつりと姿を見せなくなったのだ。

源九郎はお吟の気持ちが室井から離れたせいだろうと思い、内心ほくそ笑んでいたが、その後、源九郎の家にもまったく姿を見せなくなり、ちかごろは心配していたのだ。

源九郎は辺りを見回したが、お吟の姿はなかった。やはり、来ていないようである。

そのとき、集まっている者たちのなかにいた茂次が、

「来たぞ！」

と、声を上げた。

その声で、井戸端のまわりで喧《やかま》しく聞こえていたおしゃべりがやみ、視線がいっせいに長屋の棟の方にむいた。

「室井さまだよ」

お熊が言った。

「半四郎さまァ!」

娘の黄色い声が飛び、

「お春さまも、いっしょだぞ」

と、男の声が聞こえた。

室井とお春、それに、枝島と中間《ちゆうげん》らしい男がふたりいた。ふたりの男は大きな風呂敷包みを背負っていた。室井とお春の衣類や身の回りの物が入っているのだろう。枝島が荷物を運ばせるためにふたりを連れてきたようだ。

室井たちは、集まっている長屋の者たちの前まで来ると足をとめ、

「みんなには、世話になった。礼を言う」

室井が、集まっている者たちに視線をまわして言った。

枝島も礼を言い、お春は顔を紅潮させてちいさく頭を下げた。

室井は源九郎と菅井を目にとめると、あらためて礼を口にした後、

「また、長屋に寄らせてもらいます」

と言い添えて、路地木戸の方に足をむけた。

源九郎や長屋の者たちは、室井たちの後について路地木戸を出ると、室井たちの姿が遠ざかるまで見送った。

「いっちまった」

平太が言った。

長屋の者たちは、それぞれ室井やお春のことを話しながら、長屋にもどっていった。

「華町、これからだな」

菅井が歩きながら、源九郎に身を寄せてささやいた。

「何の話だ」

「将棋だよ。そのつもりで、居合の見世物を休んだのだからな」

「室井どのたちを見送るためではないのか」

「それもあるが、その後、じっくりと華町と将棋が指せると思ってな」

菅井の口許に、薄笑いが浮いている。

「……！」

源九郎は、次の言葉が出なかった。

「華町、それとも、何か用事でもあるのか」

「い、いや、ないが……」

「それなら、将棋しかないではないか。……華町、喜べ。今日は、じっくり腰を据えて指せるぞ」

「まァ、いいだろう」

源九郎は、久し振りに菅井の相手をしてやろうと思った。それに、何もやることがなかったのだ。

ふたりは源九郎の家の座敷に腰を落ち着けると、さっそく将棋を指し始めた。

半刻(一時間)ほどして、局面が勝負どころにさしかかったとき、戸口に近付く下駄の音がした。女らしいが、お熊ではないようだ。

足音は腰高障子の向こうでとまり、

「華町の旦那、いる?」

と、女の声が聞こえた。

……お吟だ!

久し振りに聞くお吟の声だった。

「いるぞ、入ってくれ」

源九郎は、戸口の方に首をまわして声を上げた。

腰高障子があいて、お吟が顔を出した。変わった様子はない。元気そうだし、顔色も悪くなかった。

「あら、菅井の旦那もいっしょ」

「将棋を指していたところだ」

源九郎が言った。

菅井は、チラッとお吟に目をやっただけで何も言わず、将棋盤を睨んでいる。

「上がってもいい」

「遠慮せず、上がってくれ」

「お邪魔します」

お吟は、源九郎の脇に膝を折ると、源九郎の肩先にもたれかかるように身を寄せた。

「お吟、室井どのは、今朝方、長屋を出たぞ。本郷の屋敷に帰ったらしい」

源九郎が小声で言った。

「あら、そうなの。だいぶ、顔を見なかったから、室井さまのことは忘れてしまったわ」

お吟は、さばさばした口調で言った。

「そうか……」

まんざら嘘でもないようだ、と源九郎は思った。お吟が長屋に来なかったのは、室井のことを忘れるためもあったのだろう。ふんぎりがついたので、源九郎の許に姿を見せたにちがいない。

「おい、華町、おまえの番だぞ」

ふいに、菅井が言った。

「おお、そうか」

源九郎は、どうでもいい歩を進めた。考える気にならなかったのだ。

「なんだ、この歩は？」

菅井は、驚いたような顔をして将棋盤を見つめていたが、ただ、とるだけだぞ、とつぶやいて、銀で歩をとった。

「ねえ、旦那、今夜、店にこない」

お吟が、上目遣いに源九郎を見ながら訊いた。

「いいな」

源九郎は久し振りに、浜乃屋で飲みたかった。それに、室井家から貰った金が残っているので、懐は暖かい。

「華町、おまえの番だ！　おまえの」

菅井が苛立《いらだ》った声で言った。

「そうか、そうか」

源九郎は先の手を考えもせずに、桂馬を動かした。

「桂馬《けい》で来たか」

菅井は、源九郎の桂馬を睨むように見すえた。

「菅井の旦那も、いっしょにね」

そう言って、お吟が菅井に目をやった。

「……いいだろう。それより、この桂馬を、なんとかせねばな」

菅井は、将棋盤から目を離さずに言った。たいした手ではないのに、桂馬をとるかとるまいか、考えている。

……勝手に考えてろ。

源九郎は胸の内でつぶやき、左手でそっとお吟の尻を撫《な》でた。

双葉文庫

と-12-39

はぐれ長屋《ながや》の用心棒《ようじんぼう》

美剣士騒動《びけんしそうどう》

2014年4月13日　第1刷発行
2019年7月9日　第2刷発行

【著者】
鳥羽亮《とばりょう》

【発行者】
箕浦克史

【発行所】
株式会社双葉社
〒162-8540 東京都新宿区東五軒町3番28号
［電話］03-5261-4818(営業)　03-5261-4833(編集)
www.futabasha.co.jp
(双葉社の書籍・コミックが買えます)

【印刷所】
株式会社新藤慶昌堂

【製本所】
株式会社若林製本工場

【表紙・扉絵】南伸坊
【フォーマット・デザイン】日下潤一
【フォーマットデジタル印字】飯塚隆士

ISBN978-4-575-66662-5 C0193
Printed in Japan

鳥羽亮
はぐれ長屋の用心棒
父子《おやこ》凧《だこ》
長編時代小説
〈書き下ろし〉
俊之介に栄進話が持ち上がり、喜びに包まれる華町家。そんな矢先、俊之介と上司の御納戸役が何者かに襲われる。好評シリーズ第九弾。

鳥羽亮
はぐれ長屋の用心棒
孫六の宝
長編時代小説
〈書き下ろし〉
長い間子供の出来なかった娘のおみよが妊娠した。驚喜する孫六だが、おみよの亭主・又八が辻斬りに襲われる。好評シリーズ第十弾。

鳥羽亮
はぐれ長屋の用心棒
雛《ひな》の仇討ち
長編時代小説
〈書き下ろし〉
両国広小路で菅井紋太夫に挑戦してきた子連れの武士。藩を二分する権力争いに巻き込まれて江戸へ出てきたらしい。好評シリーズ第十一弾。

鳥羽亮
はぐれ長屋の用心棒
瓜ふたつ
長編時代小説
〈書き下ろし〉
奉公先の旗本の世継ぎ問題に巻き込まれ、浪人に身をやつした向田武左衛門がはぐれ長屋に越してきた。そんな折、大川端に御家人の死体が。

鳥羽亮
はぐれ長屋の用心棒
長屋あやうし
長編時代小説
〈書き下ろし〉
はぐれ長屋に遊び人ふうの男二人と無頼牢人二人が越してきた。揉めごとを起こしてばかりいたその男たちは、住人たちを脅かし始めた。

鳥羽亮
はぐれ長屋の用心棒
おとら婆《ばあ》
長編時代小説
〈書き下ろし〉
六年前、江戸の町を騒がせた凶悪な夜盗・赤熊一味。その残党がまた江戸に舞い戻り、押し込み強盗を働きはじめた。好評シリーズ第十四弾。

鳥羽亮
はぐれ長屋の用心棒
おっかあ
長編時代小説
〈書き下ろし〉
伊達気取りの若い衆の仲間に、はぐれ長屋の仙吉が入ってしまった。この若衆が大店に強請りをするようになる。どうやら黒幕がいるらしい。

鳥羽亮

はぐれ長屋の用心棒
剣術長屋

長編時代小説
〈書き下ろし〉

はぐれ長屋に住んでいた島田藤四郎が剣術道場を開いたが、門弟が次々と襲われる。敵の狙いは何か？　源九郎らが真相究明に立ちあがる。

鳥羽亮

はぐれ長屋の用心棒
怒り一閃

長編時代小説
〈書き下ろし〉

陸奥松浦藩の剣術指南をすることとなった、華町源九郎と菅井紋太夫を襲う謎の牢人たち。ついに紋太夫を師と仰ぐ若い藩士まで殺される。

鳥羽亮

はぐれ長屋の用心棒
すっとび平太

長編時代小説
〈書き下ろし〉

華町源九郎たち行きつけの飲み屋で客二人と賄いのお峰が惨殺された。下手人探索が進むにつれ、闇の世界を牛耳る大悪党が浮上する！

鳥羽亮

はぐれ長屋の用心棒
老骨秘剣

長編時代小説
〈書き下ろし〉

老武士と娘を助けたのを機に、出奔した者を上意討ちする助太刀を頼まれた華町源九郎と菅井紋太夫。東燕流の秘剣〝鍔鳴り〟が悪を斬る！

鳥羽亮

はぐれ長屋の用心棒
うつけ奇剣

長編時代小説
〈書き下ろし〉

何者かに襲われている神谷道場の者たちを助けた華町源九郎と菅井紋太夫。道場主の妻に亡妻の面影を見た紋太夫は、力になろうとする。

鳥羽亮

はぐれ長屋の用心棒
銀簪《ぎんかんざし》の絆

長編時代小説
〈書き下ろし〉

大店狙いの強盗「聖天一味」の魔の手を恐れた長屋の家主「三崎屋」が華町源九郎たちに店の警備を頼んできた。三崎屋を凶賊から守れるか。

鳥羽亮

はぐれ長屋の用心棒
烈火の剣

長編時代小説
〈書き下ろし〉

はぐれ長屋に引っ越してきた訳ありの父子。三人の武士に襲われた彼らを助けた華町源九郎たちは、思わぬ騒動に巻き込まれてしまう。